环生记

董子溪

北京燕山出版社
BEIJING YANSHAN PRESS

图书在版编目（CIP）数据

环生记 / 董子溪著 . —北京：北京燕山出版社，2023.4
ISBN 978-7-5402-6858-9

Ⅰ . ①环… Ⅱ . ①董… Ⅲ . ①中篇小说—小说集—中国—当代 Ⅳ . ① I247.7

中国国家版本馆 CIP 数据核字（2023）第 043467 号

环生记

作　　者：董子溪
策　　划：谢　元　焦海军
责任编辑：满　懿
封面设计：盟诺文化
版式设计：盟诺文化
出版发行：北京燕山出版社有限公司
地　　址：北京市西城区椿树街道琉璃厂西街 20 号
邮政编码：100052
发行电话：（010）65240430
印　　刷：北京金康利印刷有限公司
开　　本：880mm × 1230mm　1/32
印　　张：6.625
字　　数：131 千字
版　　次：2023 年 4 月第 1 版
印　　次：2023 年 4 月第 1 次印刷
书　　号：ISBN 978-7-5402-6858-9
定　　价：59.00 元

目录

沉香串

齐华芳道："倩伊，我爸上午喝药死了。"

倩伊说："乱说什么呢？我前两天还见到他。"

"真的，就在上午，喝了农药死的。"齐华芳眼圈红红的。

"怎么会，为什么？"

"听说好像是拆迁工地里，挖出了什么东西，我也没搞清楚。"

财贸学院的后操场空空荡荡，三两个铁皮双杠被打磨得光整白亮，立在那，像过了时无人问津的陈列。阴白的日光落在人头顶上，照得齐华芳面色苍白。她自小家庭优渥，是倩伊所有同学中吃穿用度最考究的。这时，一向阳光的她，像被抽了神的一摊散积木，松塌塌直不起身，瘫坐了近半时，骑了一台崭新的飞鸽坤车，低头回去了。留下倩伊在后边愣着出神，那是1984年的夏天，她们21岁。

一连几天，齐华芳都没来厂子里上班。倩伊有些担心，下班后便去寻她。盛夏的塞外一隅，晚风中透出微薄的清凉，是薄荷叶子的气味，恬静而亲昵。倩伊很快地爬上了三楼，到了齐华芳家门口，留给她的，却是两张公安禁锢的封条。她只得下楼，回头遥见齐华芳家露天的阳台，昔日的花草仍旧生机勃勃，一件纯白色的梦特娇男士衬衫，挂在半空中随风摇曳，那算得上是她们所生长的小城中，为数不多的稀罕物件，她打小都没见过。衫子摇得狠烈，在一袭斜阳暖晖的吞噬下，像极了齐华芳爸爸的侧影。倩伊想起衬衫主人的那张脸，永远那么阴沉缜密，似乎眼睛后方，永远还藏有一双眼睛。

她顷刻觉得不自在，随即便低头回去了。途经院楼拐角时，听到了几个街头妇人的嘀咕，一个一头油腻短发的说：“那居委会的王妈，其实一直就怀疑老齐，最后啊，还真证实了，说是在他们家藏了21年，21年呢！天天就在脚底下啊！”另一个梳着飞机头的中年女人，撇了画了精巧唇线的嘴唇晃头感叹道：“听居委会那大姐说过，这么多年，老齐家天天坚持点香供佛。每年夏天，都要用水泥加厚一层地面，你说这能不加厚么，得是什么味啊！吓都吓死了！哪还敢在家里住啊！觉都没法睡的呀！”

背过这几个饶舌的妇女，倩伊移眼望去马路尽头的车辆，她眼里的迷茫又多了些，两只瞳仁涣漫间散开，渐渐模糊掉视线，以便谛听更多的“小道消息”。又一个略显尖厉的声音说：“咱们年轻那会，好多人都说她是间谍，现在看来都是谣言！而且那老齐啊，听说最一开始是在法院贪污，贪了不少钱被单位开除了，后来才被调到物资局的，怪不得人家居委会的人一直怀疑呢！”一句句的絮叨，像飞雪屑子般呼呼砸过来，倩伊听得烦倦，索性归家去了。

倩伊家去年刚换了楼房，崭新的砖红色楼面上，是齐整划一的方整窗子，窗子看上去精巧，列出密不透风的严谨。她看见爸妈正拿着报纸研究些什么，近身一看，正栏处明晃晃写道——21年疑案攻破，“敌特”终现原型。在随后的新闻正文里，倩伊找到了齐华芳父亲齐仲恺的名字，而当年那个失踪的漂亮女人，名叫吴依琳。

倩伊详察过新闻报道中的全部文字，脊背后一波波凉寒。她想她的直觉是准确的，齐华芳的父亲齐仲恺，他那双深邃的目光背后，确确乎还有一双眼睛。随后的漫长清夜，她一夜未眠，因她实在难以相信，她那并肩成长了十几年的亲密伙伴，那么善良真诚的齐华芳，竟出身于这样的家庭。只要一闭眼，脑海中就现出齐华芳父亲齐仲恺，那张深不可测、满布邪祟的脸。

世间所有反常似乎都有一个背后因理，倩伊想起五年前，齐华芳大哥结婚的场景。那时的塞外小城，人们普遍经济力薄，大多数的城镇婚宴，不过是以燕京啤酒或二锅头为招待，而齐华芳大哥的婚宴，却是以茅台和中华烟迎客的。如此反常的豪兴，在这方京北小城算得上极其纳罕了。而现今想来，齐华芳平日里迥异于所有人的优越，原都沾着那美丽女人的苦吟和迷踪，在齐华芳大哥那一场高规格的婚礼现场，齐集敬贺的亲朋脚下，竟是一桩尘封多年的迷案。倩伊觉得可怖，她仿似看到一位身轻袅娜，摇曳多姿的少妇，正透过岁月的层层迷雾，一点点向她近靠而来。

60年代初期的张垣腹地，还属清寒之所。这座在计划经济体制下物质匮乏的小城，在过往的厚重和民风的清朴中，远离尘嚣般独守着一方清隽。

市探机厂的女出纳吴依琳，是邻里乡亲口中有名的美人。

那年她27岁，身高近一米七，脸面微圆，高鼻杏眼，顾盼中总有媚态情柔。在其他女工们清一色灰头暗脸的样貌中，她那张常有粉黛缀点的面庞，总像是个不合时宜的异类，在众多灰色中别致着，过于打眼的存在，使她好似和这座小城，始终保持着某种不可丈量的距离。

吴依琳不仅姿容艳丽，工作能力也是一等一的出色，作为探机厂的首席出纳，她身负着为几百位员工分发月薪的重任，因一向整利规矩，她的职业生涯，从未有过丝毫差池。许是群体无意识的作用，又或是同性相斥的原因，吴依琳一直是厂子里众多女员工的一个“共同话题”。这其中，有艳羡，有醋妒，有敌意，也有排斥，种种独属于女人之间的特殊心意，一直在她身边绕随。

除开多数女人的侧目和排离，吴依琳却总是大多数男同事眼里欣赏恋慕的对象。甚至有些厂子里的男同事，会聚一起时还会打趣说：“这么漂亮的女人，可惜早早结婚生孩子了。我们啊，也只有看着的分儿喽！”甚至言说，吴依琳的漂亮是大漂亮，总给人港台女星走基层的错觉。对这番褒奖，吴依琳是接纳的，她始终以自己作为轴线，不偏不党，外界的声音不论正向或是负向，都不足以撼动她在那偏远小城里的独特芳华。不过这祸兮福所倚，福兮祸所伏，这一句“港台女星”的褒奖，却成了她最终的咒怨和归宿，以及她的一双儿女，一生难了的噩梦。

1962年夏末的一个周日，吴依琳前往市解放街头的“百货大楼”购物，高挑的身姿和洋气的仪态，使得她每次来此，都会引起售货女子们的一番羡慕。这天，她照例行至三楼的鞋帽专柜，凭借先天对色彩的敏感，在众人多以工装示人的年代，她早早便晓得用粗浅的高跟鞋子来点缀自己了。别看那一星星的跟底儿，足能使得平日里倦怠消沉的女人，一下子变得亭亭秀拔。

吴依琳又见到了刘桐，那是个不上四十的妇人，是吴依琳近些年来的金牌导购。刘桐身材微胖有些矮小，梳着一头略略烫过大卷的短发，黑胖的面颊上泛出微红的油光。她素颜朝天，看上去朴实可爱，笑时嘴角时隐时现出一半个酒窝。整个人称得上慈眉善目，似乎对每个人都柔善谦和，看不出不妥之处。不过，在她那双狭长双目中，却总能在不易觉察间，透出点时有时无的狡黠。

“哎，这一面的柜台是新开的？以前没有这排的。”吴依琳说。“是呢，前些天物资局刚发了些钱票，才新加了这排，东西都是上新的，全是北京上海的货。你今天来了就好好选选。” 刘桐堆了一脸的憨笑，她那张朴实过头的脸上，溢出对美人的诚意称赞。

“刘姐还是你眼光好，你觉得哪个好，就帮我推推呗。”高出刘桐半头的她并未对这朴诚的大姐，做出什么平行的对视和回应，她随下又顺手拿了一双纯色米白半跟凉鞋，脱下脚上款式差不多的暗色米白鞋子说：“我的这双啊，还是去年的，今年打算换，不过还没找到合适的。”

刘桐看这情景，便回了库房又拿了三双新款凉鞋，回来依次摆在吴依琳面前，蹲下身子说："妹子啊，姐给你看看这批刚来的货，姐看你这模样架板儿啊，说什么都是一等一的美人儿，一般人啊还真穿不出这个效果，我也懒得给她们推荐。浪费口舌！这几双你依次试试，就当让姐欣赏美女了，美女谁不爱啊！"

长久以来，吴依琳都是女同事们口里的骇怪人物，加之她光华过剩，谁都不想被她掩了风头，故而肯走近她的女性总之寥寥，且她一向懒于是非，疲于琐碎，继而索性专注做事、不合人群。不过刘桐的诚挚嘉赞，对她还是十分受用的，这一番热心窝子的话，听得她情暖意柔。吴依琳回说："哎刘姐，你可真是会说话呢，说的我都不好意思了！听你口音，好像不像是本地的吧，倒有点像我们老家那边的！"她随下便蹬起那一双双凉鞋，对着镜子细细端量。她舒展的身姿在那些灵动凉鞋的衬照下，像是从挂历上飞出来的摩登女郎，轻踏着时髦的步子，格格不入般游离在这落后的城镇商场。

"啊？像你老家的？我老家确实不是这里，是翡城的。"刘桐盯着她说。

"啊？！不会吧姐？我老家也是翡城的！真没想到，在这竟然遇到了老乡！"吴依琳的眼里溢出喜悦神色，言语中立刻多了三分甜度，称得上他乡遇故知。

刘桐扔去手里的杂物，直起身子，满脸的呆滞，方又有些激动地回道："你也是翡城的？这也太巧了！真是想不到啊，我们翡城的人都土得很，竟出了你这么个美人胚子!也是反常了！哈哈！”吴依琳被说臊了，笑出一脸羞态：“姐，您可别这么说，我接不住啊，这话说得折煞我呢！”刘桐一把拉过吴依琳坐下，侧过脸说：“嘿，这是哪里的话，我这人啊，实在直接得很，我还就爱美女，漂亮就是漂亮，我们好多柜员都私下说你像电影明星呢。哎对了，你这都跟我买了几年的鞋了，平时也都是和你说卖货的事，一直没问，你这么不一样，到底做什么工作的啊？”刘桐那张黑圆的脸蛋上，隐隐透出些僵持的脸色。吴依琳又站起身来，一边斜扭过去打量镜中的鞋子，一边又下意识地答道：“我啊，在探机厂里做出纳，就是给人发工资的。”

刘桐犹疑片刻说：“哦，我说的呢，怪道你能这么洋气，看来是物质充盈的环境一直养着你呢！”接着又说：“哎，这试了几双了，觉得满意吗？看中了哪双？”吴依琳有些尴尬地回道：“感觉都和我去年买的那两双没太大差别啊，我再看看可好，反正我常来的。”

“嘿，有什么不好意思的，不合适正常嘛。对了，你给我留个电话得了，过两天我要去北京进货，那大城市的衣服鞋子，款式样子更是多，你要想去也一起去得了，或者等新货到位了，我再电话通知你。”刘桐这一番热情的言语，一下子就打动了没太多女性朋友的吴依琳，她随即便留下了部门电话，以便日后联系。

刘桐的丈夫齐仲恺因在机关里做事，不早前拿到了住房指标，被分配到市东侧的湘萧里38号胡同院。那里算是公务人员的聚集地，齐平的四面房子修好不上一年，还窥不见残破处。刘桐刚进门，就看到齐仲恺在公共厨房里烧菜，他瞟过她一眼，移下一碟子黑豆角说："快来帮我端进去，现在不比从前了，咱们用完，还得给人家腾地的！"刘桐忙端了菜进屋去，一边的脚刚踏出厨房门，头顶的轰雷便隆隆泻下来，院子里的白瓦灯配过闪电忽忽做戏，雨下起来了，是初秋里傍晚的瓢泼。

一对兄妹正在屋里待去开饭，齐仲恺端了最后一碟子小菜，淋了满身的雨水冲进屋来："哎哎，你们先吃着，我看这水是止不住了，一会得把家泡了！"汩汩的水流一波波漫进来，一下下刺击人的脚面，刘桐看去丈夫扫水的影子，转头对孩子们叹道："你俩把脚抬起来吃，别着了凉!"小女儿齐华芳支起来被浸湿的脚面，大声叫喊："我要回老房子，我要回去！这里一点都不好，一下雨就是发大水，鞋里面全都湿了！我要回去！"齐仲恺紧掩住房门，用毛巾条子堵住门下的缝隙，又坐下身来安抚她："芳芳快别闹腾了，好好吃饭！哎，我看啊，以前的好日子是到头了，谁叫咱赶上了呢！"刘桐也跟过来说："哎，要说这也没办法，老房子是回不去了！你说说啊，你家里那么好的房子，说收就给收了！不过要说啊，你们这地主家里盖房子就是讲究，几十年前你家里老人肯定是找人设计过，那台阶都是做的高阶，不光有雕花，还是防水防风的！"齐仲恺一边吃了凉了半截的菜，一边又说："这房子收了都还好说，可以再盖再建，关键啊，是可惜了祖宗留下来的大半个家业啊，真是没赶上好时候，在我这分文不剩，哎不说了，说多了心烦！”雨下得有些不近人情，黄豆大的冰雹粒子狠狠抽在窗面上，发出生冷的暴击。

齐仲恺一家的四合房没了，先前的家具也被移进这方幽窄的平房里，挨挨挤挤，不成形状。屋门内侧用一件暗红实木屏风做了隔断，最讲究的陈设摆在最不讲究的毛坯房里，该是应了那句老话，旧时王谢堂前燕，飞入寻常百姓家。

三日过后的午后，吴依琳正抱着算盘整理账务，只听着传达室有人喊道：“小吴，电话，有人找你。”吴依琳起身接了去，听到那头人说道：“依琳吗？我是刘姐啊。我现手上有几尺布，想留着做衣服呢，以往的样式太老旧了，后天周日，我要去趟北京，去王府井百货看看，人家大城市做的衣服样式洋气，我看你总爱逛街的，有空的话，跟姐一起去转转呗？”

吴依琳浅笑道：“行啊刘姐，正好我周日休息，咱们这的东西说到底还是不入时，那就也跟着你去瞧瞧吧，我平时也就是随便找裁缝做的，正好呢，也去见识见识。”“那就这么定了，后天一早，我在北站等你。”刘桐的爽直，像夏日里清沁的凉茶，透出恣意的磊落。

夏末的京北小城，即便时逢大暑，却依旧是舒逸清凉的。东方刚刚发白的间隙，城市方才苏醒，一点点树枝麻雀的早鸣，使得这四面环山的腹地，更多了静雅的柔逊。火车站的前庭广场从清晨5时起，就摆满了星罗般的杂货摊子，刘桐担心吴依琳马虎，便提早去备了早饭，她去买了些香油麻酥饼、瓦罐红茶和茶叶蛋候着吴依琳赴约。

大概过了15分钟，天更亮些后，远远看见一位穿着暗紫色缝制旗袍的女人款款行来。她脚穿短跟方口黑色布鞋，头发随意在脑后挽起，疏于打理的侧面透出慵懒神色，半身裙子外有盘扣做饰，有分寸、有见地地勾勒出她特有的玲珑，像极了仕宦人家的千金小姐。借过晨光的熹微，那画风好似是临摹过的电影杂志，猝然间贴在这闭塞的边塞小城里，竟生出一种异样的不协调。

吴依琳走进候车室，立刻就吸引了整个大厅的侧目。她整个人的辨识度一向都极高，这般突兀，似乎更衬去刘桐的平常。不过那刘桐好似生性活泼，并未像大多数女人一般对吴依琳避之不及，她站起身子摇手大声喊道："依琳，姐在这呢。"吴依琳对视一笑，很快挪步过去了。

"妹妹可真是漂亮，你看看这一进来，有多少人盯着你看啊！"刘桐挪过身子笑说道。"哪有啊，姐姐在这等久了吧，辛苦呢。"吴依琳道。"嘿，我这岁数了，本身也是天天早起的，你快吃点东西，这么早出来你肯定没吃早饭吧？"刘桐顺手拿了些酥饼给她。

"刘姐，我说您可真是细心呢！真是个好大姐啊。"吴依琳顺手接过去。刘桐垂眼浅笑间没做言语，心里嘀咕："都是已婚已育的女人，还分什么姐姐妹妹的。"随即又开口说："妹子你先吃着，慢点吃不着急啊，我去买票。"吴依琳看着她远去的身影，心里生出甜蜜感，原来在她敦厚朴拙的面庞下，还藏有一颗精巧细腻、似如长姐般的内心。

上午7时，她们乘坐第一班火车，前往首都北京。这算是一条举世瞩目的轨道，特有的“人”字形设计，让它在海内外声名大噪。因是头班车，车厢里的人还不算多，依稀能闻到些经年的汗酸气，再配过消毒液的苦涩，算是做了这一天的开场白。刘桐说：“妹妹好不容易出来透透气，去坐窗子边儿吧，路上风景不错的，还能看得见水库。”吴依琳依着照做了，在随下三个多小时的进程里，她一面观察着窗外忽明忽暗的光景，一面旁听着刘桐道来的种种闲聊。

车到站了，打工的男人们扛起被褥飞出了车厢，留下一地恼人的瓜子壳。女人们缓慢间移步出去，互自说笑，透出轻慢的优越。吴依琳随她走出了北京站，阔朗的广场人头攒动，楼钟恰逢准点声动长空，那是上午十一点，她们起身去王府井百货，去访寻首都的潮流颜色。

她们乘了103路电车，径直去了。王府井大街宽豁明净，长长的狭路一眼望不到头。周遭布景样样别致，有些十里洋场式的上海建筑排排齐列着，几条盘和交错的电车行轨不时出现。吴依琳仿佛窥见旧时电影中的些微影像，心底泛出兴奋的敬畏：“这才是年轻一回该常来的地方！”刘桐察觉她心思涣散，便拉过她说：“咱们去百货大楼看看，逛完了再出来欣赏。”吴依琳回神跟了去，这是她生于京北小城27年后第一次进京，心中震撼，自是不明言说。

“依琳，不是姐说好听的，像你这一等一的美人儿啊，就应该在这地方生活，咱们那小地方啊，真是白瞎了你这脸面和身段了！”刘桐似如依琳肚里的蛔虫，总能对她的细微变化体察到位。“嘿，刘姐你说什么呢，我这都一把年纪，有儿有女了，哪里还能跟这大城市的女人们相提并论呢！”吴依琳排喧了道，随之又开眼打量身边行过的陌生女人，发现才出现的那些个，似乎也不及想象中标致。她又回头窥见镜窗上自己的侧影，粗切打量一番后，便又随刘桐去了。

刘桐问道：“妹子你看，这大城市摆列的衣服就是不一样哈，好多款式咱们那都没有吧？”吴依琳答道：“可不是呢，人家这剪裁还是不一样，咱们那裁缝做的衣服，都显不出腰身的！”吴依琳径直走到柜台边上，细看陈列的种种华服，像是见了纳罕的南洋艺器，迟迟挪不开步子。

刘桐看她有些犹疑，便说道：“你去上前试试呗，别不好意思。”

吴依琳睁圆了眼问：“这，可以吗？”

“嘿，想什么呢，姐去跟她们说，我们都是同行嘛。”刘桐觉察出她的欣喜，就顺便做了顺水人情。

吴依琳的出色称得上有目共睹，因生了一副顶好皮囊，故而即便是身在这盛隆之邦，她的出挑，也是丝毫不显逊色。各类款式再怎么换，都像是合貌合身，她看着镜中的自己，欢畅地说：“刘姐，我看着哪件我都那么喜欢，挑花了眼呢。”刘桐在反复比对后给出了提议：“姐，你穿那件卡其色掐腰西装最好看，很多画报上的模特啊，都是那么穿的！”吴依琳思忖再三，最终盘下了那套卡其色掐腰西装，那件时装样式的小西服，该是她所在的塞外小城里孤标般的旗帜了。

“刘姐，看你一直卖鞋子，我陪你去鞋柜转转吧，看看这的和咱们那，有什么不一样。”吴依琳挽过刘桐漫步到二楼鞋柜前，打量了排列齐整的鞋帽柜台。奈何刘桐对鞋子比较挑剔，纠结再三都未曾相中一件，方悻悻说道：“我啊天天看鞋子，估计都看烦了，也没觉得有太多不一样的，哎，你看这到中午了，姐带你去吃好的。”

七月末的北京，正值暑热，骄阳炙烤过明堂堂的午间街道，高倍的明亮刺进人的眼，微微泛酸。吴依琳随刘桐走进一家护国寺小吃，这家开业七年的小吃店现已成为京城地标，以价廉味美而闻名。吴依琳照着菜目表依次看过去：有艾窝窝、豌豆黄、豆面糕、蜜麻花、豆汁、焦圈、面茶等几十个品种，她不知选哪个，只得依着刘桐的推荐点了两三道菜。

“姐请你吃的可是北京最有名的小吃，好不容易来一趟，你可得多选几样啊。”刘桐笑说道。“刘姐可真是心好，也不好意思总让你请啊，我看这里的小吃都有特色，种类多全啊，跟您出来可真是开了眼了。”吴依琳边吃边说着。“哎，忘了问妹子，平时工作忙吗，做财会的应该也挺累的吧，天天得闷在屋子里算账，要是换成我啊，头都要算大了！”刘桐边笑边打趣，一抹憨笑里露出圆滑的熟练。

“嘿，没那么夸张，主要就是给员工们结算工资。其实呢也不算累，你看我每个月15日去银行领一次钱，回来给工人们发下去，发完再重新结算下月的，月月这么重复，做熟了也没多大工作量，图个铁饭碗呗。”吴依琳吃着刚出锅的黄豆面糕，倏地喝了口豆汁，不想刚含了半口便吐了出来：“这什么味啊？”刘桐见状赶忙用纸巾递过去，带着抱歉说道：“姐估计你就吃不惯这个，忘了提醒你了。其实我也觉得味儿怪，放着吧，别吃了。”午间的食客渐渐变得稀少，两个女人嚼着些甜烂之食，随口说出的闲散言语，正悄悄描画着不一样的异变和遭际。

转眼到了下午，两人准备返程了。她们在公车的窗边前后排坐下来，吴依琳一眼扫过去沿途边上长安街的风景，一柱柱土白色的华灯渐渐消逝掉，定格下抓不住的时间。她心里泛起平静的惆怅：“该是常来才对的，多出来看看总是好的。”她呆望着窗外出神，清瘦的侧脸在半缕阳光的打照下，约略透出点不浓不淡的苦涩。

回程的火车上，数不清的山洞张开黑邃的隘口渐次袭来，好似命定的关卡。吴依琳在忽明忽暗中昏昏欲睡，不由得就靠在刘桐肩膀上小憩过去，两个女人相互依偎着，屏蔽掉前方造影。待吴依琳醒来后，刘桐方才舒展身子，展开腰杆说：“快到站了，我看这回去也得六七点了，妹子你去我家吃口饭再回去吧，正好也给我看看我家里那几匹布料怎么拾掇。”吴依琳回道：“哎，姐你可真是想得周到，那我就跟你去得了。”

华灯初上的塞外小城，暮烟中亮起点点明黄。刘桐的家住在湘萧里38号胡同，那是当地官爵人家的聚集地，她们走到那片四合院子路边上，碰巧看见几个小孩子在扔色子，再向前走，有几个大点的女孩儿在跳皮筋，她们发现有新的面孔走近，方转身一齐看过来说：“快看快看，有漂亮姐姐，漂亮姐姐！”吴依琳随着刘桐进了家中院子，那几个女孩还在眺眼看她，她只得回头一笑。

刘桐家是独立的三面院子，院中央有棵上了年头的老槐树。槐树与房梁之间的铁丝线上，横横斜斜挂满了各色衣物，窗明几净的家里不染纤尘。刘桐是个利索人，刚进屋放了背包，便回头说道：“妹子你先坐会，我去给你烧点水喝啊，想必你也渴了。”

“嘿，不麻烦姐姐了，家里没人啊。”吴依琳道。

“哦，这还不到七点，你姐夫下午带着孩子们去他妈那了，一会就回来，你先坐会，我去准备点饭。”说着很快闪出了门，径直到后房去了。

吴依琳打量家中陈设，少见的黑白电视机，翻新的橙黑色半导体，翠色透明摇头扇，屋门内侧有件暗红实木屏风做了隔断，后方间有木质脚踏赭石风琴，清花白瓷花瓶，椭圆橘红圆盘电话机。书桌上的玻璃板下，列开一张张老照片，那是一对和善的夫妻和两个可爱的小孩，这应是幸福的一家子，眼神中都流溢出祥和。刘桐身旁的男子高大直挺，吴依琳有好多次在商场柜台前见过他，是个平静有力的男人。

登时间，院子里铁门惺然一响，有孩子的说笑声和自行车车链转动的声音飘来。吴依琳回过头，是那个身型挺拔的男子，穿着暗蓝色中山装走进来，自行车后座上坐了个七八岁的小男孩，前梁上又驮着个梳着朝天辫儿的四五岁的小姑娘，三人依次走进屋子，吴依琳忙起身说："您是刘姐先生吧？我是她朋友，吴依琳。""我知道的，我们本就认识的啊，之前都见过的。"那齐先生高眉深目，长了张极清俊的脸，一种冷冽又阔朗的英气，看上去周正庄严。不过他好似显得有点局促，并未和吴依琳有什么礼节性的对视，这让她微微有些尴尬。

这时，刘桐闻声从后厨里走出来说："老齐，这是探机厂的依琳，这妹子好，又懂事又和善，模样又好，难得是我的一个好妹妹呢。依琳，这你姐夫仲恺，在物资局做科长呢，你们先聊啊，我接着做饭去了。"吴依琳被这番公式化的对接砸得有点迷糊，兀地没话接，只得又坐下了。

"你们今天去北京逛街了？都买了点什么，还是北京东西齐吧？"只见仲恺从里屋冒了出来，手上还拿了把毛巾来回擦着脸，这突然由阴转晴的态度，让吴依琳觉得有点窘。"哦……我们就……就随便转了转，我买了件上衣，刘姐没买啥，等于专门陪我去了一趟，哎，我也是怪不好意思的呢。"吴依琳道。

"嗨，这有什么不好意思的，像吴小姐这么好看的人，买一件哪里够，就应多多的买才是啊。"齐仲恺这一番夸耀，听得吴依琳有点懵，她只道了声谢谢就再无别话了。半晌，齐仲恺又说："唉正好说起来了，我们单位现在每个月都会发些布票什么的，我们之前都用了好些了，我看你这身衣服做的也挺讲究，你这身段啊，该是穿什么都好看的，我看要不就给你些布票，你再去做几件吧。”“呃，您可真会说笑，那怎么好意思的啊！”吴依琳回说，齐仲恺又道：“呵，好东西要物尽其用才对，现在我们家里人也都不缺衣少布的，反正留着也是放在那攒着，何必呢！”

不待吴依琳解释，齐仲恺就拿过来几张布票挨坐到她身边，随下又握住了她的手，吴依琳立刻就方寸大乱了，四顾张望说不出话来。齐仲恺把布票塞进她手里压低声音说：“吴小姐，你生得这么好，定是要好好投资自己才对，这布票浪费在你刘姐身上，等于没效果，可就真的废了。”

齐仲恺用半边黑邃的眸子直勾勾俯视她，似是犯了呆病。吴依琳低垂的睫毛像黑亮的羽毛翅，扑闪出惶恐的羞怯，如此微距的接触，使得她鼻子头上微微溢了汗，齐仲恺屏住气吸，轻轻拭去她鼻尖上珍珠粒般的汗渍，静缓了三五秒说：“没什么的，我们物资局油水多得很，每个月都会余下些布票货票的，我们自己也用不完！你是行走的衣服架子，到时候收拾好看了，帮你刘姐多引些客人就行了。漂亮女人嘛，都是艺术品，艺术品就要艺术般对待的呀！”

吴依琳低头没做言语，心底一直有个鼓咚咚乱敲，还好没蹦出嗓子眼儿来。

这几分钟的漫长间隙，被浸在齐仲恺薄荷味的鼻息里，像是把整个世界都封固了。那七八岁的小男孩突然拿了把筷子闯了进来："开饭了！开饭了！"吴依琳这才回过神来，暖盈盈地做出了点微笑。

刘桐端来了一窝子鸡蛋打卤面，气氛随着她的进入终于调快了些，小女儿紧随其后，眼里露出好奇神色。刘桐分了几个碗碟依次盛满了面，齐仲恺打着下手，吴依琳偎坐在刘桐一边，不过吃了几口，或是因心神恍惚，终究是胃口不佳。片晌过后，她轻声说："刘姐，我有点累了，想早点回去，今天出来得太早，一整天你都在陪着我转，也是辛苦你了。""嘿，妹子哪里的话，是我要约你去的，你今儿早点回去，我这边再过来好货后，第一时间通知你啊。仲恺，你去送送妹子，我收拾洗碗。"刘桐的话干净利落，不带杂碎，像沙家浜里的阿庆嫂。

8点的街面已现出倦怠，清旷的天线在疏白云朵的勾勒下，还能窥见些余晖中的冷光。齐仲恺与吴依琳并肩走在胡同巷子里，脚步声踢踢踏踏、不着节奏，顺了公车的方向行去，留下身后一面黄冷的路灯，将他二人的影子拉得细长。

"你不是个普通的女人，我早就这么感觉。"齐仲恺说。

"切，别逗了，这是你的台词吗？"吴依琳浅笑。

"不，你是那种格格不入的女人。"

"你这么揶揄人不好吧，怎么听着像在骂我？"

"怎么会是骂人呢，格格不入在我看来是个好词儿，代表不一样，也代表，有更多的可能性。"齐仲恺的定义生冷干脆，有不容置疑的正确。

"哈，可能性？你这是开始给我上课了啊？真是有意思。”吴依琳抬眼打量他那一脸正经的神色，那张丘壑分明的脸，在路灯的俯照下，更显了些俊逸。

“我说的可能性，就是不甘于现状的可能性，以你的条件，不该在这小城里苟活，你应该有更好的生活。对了，方便问一下，你先生是做什么的？”齐仲恺打探道。“他呀，嘿，就是纺织厂上班的工人，老实人。”吴依琳道。“呃，老实人娶漂亮女人，那可定是灾难了。”齐仲恺打趣说。“哎？我说你，你怎么这么讲话呢，意思是我不安分？这话说得怪硌硬人的。”吴依琳说。齐仲恺清了清嗓子，慢悠悠说道：“一般来说啊，大多数男人娶妻不愿娶太美的女人，因为这实实在在的日子，终究得实实在在地过，一旦这杏高墙矮，就必有殃灾啊！且这杏，要再是颗结大红果子的，那可更是要墙外开枝喽！”齐仲恺讪笑着，眼里透出少见的稚气。

“瞎说！哪里有你这样说话的。”吴依琳加快了步子向前走，齐仲恺跟在她后面，很快就走到了车站跟前，齐仲恺又说：“没有没有，我就是开个玩笑而已，你不必介意的。依琳，像你这么漂亮的女人，一定要好好善待自己的，可不能误了这最好的几年光景啊！”吴依琳听罢，觉得有些晦气，不过低头没做应答。恰好公车开过来，停至了近前，吴依琳回头与他礼貌道别后，便上车直去了。

蓝紫的夜笼罩到人身上，不落边际，车窗外微风飒飒，偷偷晕开晚夏里冷艳的霞光。吴依琳选了司机身后的位置坐下来，那巴士司机是个50多岁的中年人，矮正方硕，略略现出一片秃白的头顶。公车发出沉滞的怏闷，打起精神向前走，道路两边腾起澄明的路灯，一盏一盏冒出来，映去那稀疏的头顶，不时间闪闪发亮。

深闭的小城四面环山，是首都的后花园。公车前行了已然半时，远处的山峦却仍是同一形状，像是被死死僵住了，寻不见丝毫改变。黑漆漆的山体和酱青的天色融为一体，难分彼此，好似一个巨大的厚密罩子，把一方山城，封锁在时代的边隙里。一切都没有起色，了无生机，唯剩下秃白的头顶，做出些切换颜色。吴依琳感到前所未有的乏倦，似乎眼前的景况，正几十年如一日地循环往复，没有起点，亦没有尽头。

公车到站了，车门哐哐弹开，震开人的乏困，待三两人下去，就又扑哧着残喘的气息迟缓驶去了。吴依琳怀里抱着刚买的卡其色西装，右手里攥着齐仲恺给的一沓子布票朝家里走去，那布票因攥得过紧，已浸有些微的潮湿。她家住在城乡一隅的一排矮旧平房里，从院外到内里有一条狭长的通道，屈就间穿过错落不齐的平房窟。

吴依琳家在最里巷，杂草钻出暗红的砖面，几只残破的砖片崴开人的脚，拖慢了回家的时间。半空中吊起一半个白炽灯泡，静挂在清凉的夜。那炽晃晃刺人眼目的明亮，即便犹自安稳持重，却仍是围了群挥之不去的混闹虫蝇。

“你回来了，今天去买了点什么，钱够用吗？”吴依琳的丈夫福鹏迎上来。

“哟，够不够用，也是用我自己的工资，也没用你的。”

吴依琳道。

“你走前我给你塞了几块钱，你没看见？”福鹏问。

“哦，谢你有心了。”吴依琳懒懒答道，随后便进了里屋，两个孩子刚吃了饭，哥哥正在陪妹妹搭积木。吴依琳呆了几秒，走过镜前补了些红妆，又拿出那件卡其色上装，换上黑色灯芯绒长裤、褐色革面鞋子反复打量。镜前的她，因有了修饰，显得洗练入时。小女儿站起来仰头欣赏，眼底流出好奇和艳羡，吴依琳蹲下身子抱了抱她。

那晚的夜显得格外漫长，丈夫福鹏和孩子们都睡去了，只有墙根里老旧的风扇摇曳开沉闷的脖颈，一遍遍诉着怨愤低迷。

“格格不入在我看来是个好词儿，代表不一样，也代表，有更多的可能性。”齐仲恺的一席话不停地在她脑中萦绕，就像是一把提神的樟脑丸子，搅得她更是没了睡意。她抬眼眺过窗外那只残破了半边儿的白月亮，发现原先好似银盘的满月，正一点点缺减掉，就像是她一点点消弭的韶华。

福鹏在一旁轻轻打鼾，月色下他眉头上的川字纹隐隐有现，多了苍老态。他促狭般的鼾声时长时短，该是故意和她过不去，忽高忽低地扰得她更是烦乱。吴依琳用脚猛蹬了他几下，鼾声即刻小了些。福鹏醒了，兴许是会错了意，开始由上至下地抚摸她，可这竟使得本就烦倦的她更来了火，立声啐道：“别碰我，烦着呢！”吴依琳转身过去，闭住眼眯着，她左手上几小时前被齐仲恺抓过的几根手指，此刻正胀出浅浅的温热。

夏夜里舒适清凉，偶尔有些许小雨过境，疏疏落落间砸到屋外的檐障边上，不轻不重，湿乎乎，腻嗒嗒的，洗不干净地拉扯。

连下几天的工作日，吴依琳在做完具体账目后总是愣着出神。先前的话痨同事青菁，因丢了个聊友，好奇之时，便是止不住地打量。那青菁天生一副小巧身材，玲珑清秀，褐色眸子像是会说话。她这般牙尖嘴利的模样，有时看得人既好气又好笑，算得上是厂子里有名的机灵鬼。青菁和吴依琳同属心思单纯之人，她知道吴依琳并不像其他女工评议得那么古怪孤傲，反是个真实的人。美人嘛，本就容易受到攻击，故而青菁觉得，吴依琳不过只是外形出色，又有些微内向而已。

青菁早就看出她神思不宁，便俏皮说道："哎哟我说吴大美人，这两天总是愣着出神，也不知道心里琢磨啥呢！跟福鹏吵架啦？"吴依琳笑道："没有啊，就是有点累了，放空一会儿。"青菁睁圆了眼看着她："切，哄谁呢，你肯定有心事！这我再看不出来，那不等于白活了！"吴依琳觉得她好笑，便回道："行，就你眼尖！就你知道！你是大小姐，你最聪明！"青菁又多了点得意劲儿，站起来问："对了，明儿个周日，你要在家闷得慌，跟我去逛街呗，去不去？"吴依琳一向把青菁当妹妹看，该是她平静生活里，随时能漫出甜香的开心果。

计划经济里的小城，吃穿用度都有定数，没地方找花样，也只能到百货商场这一处觅寻。这天一早，吴依琳早早起来准备找青菁赴约，不过心里又总是纠结，她一面想用齐仲恺给的一沓子货票添置些新东西；一面又害怕见到刘桐，心里会尴尬。转眼要到约定时间了，吴依琳便索性了了心绪，还是定心出去了。

周末的街面拥满了人，很多市民即便是无力消费，仍是会结伴出行，为的也不过图个开心。青菁比吴依琳小三岁，还没结婚，许是怕自己被耽误下来，便极力在装扮上费心思。她在商场看到一件淡鹅黄色的连衣裙，兴奋道："哎，你看这个好不好看？"吴依琳看了一眼说："好看，你一看就像女学生，穿什么都好看，要不你去试试看看。"她一边说，一边看向不远处的鞋帽专柜，打探刘桐的身影。突然看见一个高身修长的男子，她又细瞅那背影，像是齐仲恺，又像不是。

在她愣神儿的片刻，那人转身向周旁扫了一圈，眼神掠过她时，猛地认出了她，便慢慢走过来说："依琳，你这是休息来逛街啊，怎么自己来的？"吴依琳见真是齐仲恺，心底似有个小麋鹿怦怦乱跳，恍惚间接不上话来，她环顾四下想找到青菁的影子，奈何遍寻不见，便又支支吾吾地回道："哦，我，我不是自己来的，我是和我同事来的，她好像去那边了，哦，你怎么也在这？""嘿，这不是周末么，局子里也没什么事儿，就跟着过来看柜台了。"齐仲恺款款看着吴依琳，她却不敢和他对视，生怕被他那双鬼魅的眸子吸了去。

青菁这时近前来了，她凑近吴依琳低声问："嘿，这谁啊？"吴依琳恍惚间答道："哦，我，我一个认识的朋友。"

齐仲恺见她低眉紧促，颜面微红，便和青菁主动攀话说："你是依琳同事吧，大美人的朋友果然也是美人啊！你们过来看看鞋吧，今年夏天新款来了好几种呢。"

青菁嬉笑着随了去，吴依琳在她后边跟着。到了鞋帽区，青菁一双双踩过新上的夏季鞋，雪白的脚面露出少女特有的欢腾。吴依琳却始终在寻着刘桐，不禁问道："刘姐去哪里了？她没来吗？""哦，还没告诉你呢，她前几天查出来怀孕了，白天身子发软，刚说想在后边仓库床上休息呢，我就帮她在这盯一会。"齐仲恺回道。

"哇，这样啊，那要恭喜啊。"吴依琳说。

"恭喜？恭什么喜，又要几个月难耐寂寞喽。哎，你说我第一次替她盯一会班，就能碰见你，难不成这就是咱俩的缘分啊？"齐仲恺笑盈盈打趣说，吴依琳一时涨红了脸，闪着一双眼说："又瞎说什么呢你，这让别人听见了，算怎么回事啊！"

齐仲恺也觉得自己玩笑过了火，很快做了解释："别别别，不过说笑而已，别当真。哎，说起来我们局子前两天又发了些苏州过来的丝巾，我本来给了刘桐，不过她说她那岁数戴着太素净了，显老。说这种素色啊，只有你这岁数戴才合适。给别人她们也没那姿色，还衬不出这丝巾的质地。她啊，特别喜欢美女，我也是看不懂了，还下次见了你要给你呢！"

吴依琳觉得惭愧，回道："那怎么好意思啊，姐姐姐夫待我这么好，有什么都想着我，我哪里来的这等好福气！""嗨，我估计她就是觉得放着浪费，她自己平时也不爱捯饬，我给你看看她拿过来没有啊！”齐仲恺起身挪步到柜台后面，屈下身子寻摸，一时不见了人影。青菁这时走了过来，坐到依琳身边。

不多时，齐仲恺拿了一条用透明袋子装了的浅灰色丝巾出来：“哎，还真给找见了，这你要是戴出去，那可是市里独一份的，到时候啊你多给你刘姐招揽些客人就行了！”那是一种晶莹透亮的浅灰色，在头顶日光灯的照映下，一点点泛出丝柔的亚光。吴依琳看了眼一旁的青菁说：“哎呀姐夫，你们俩对我这么好，我都不好意思了，桐姐哪天倒班在家啊，我去看看她吧，孕期定要吃些好的才对。”

齐仲恺不由分说地就将丝巾塞进了吴依琳口袋里：“嘿，不好意思什么，反正也是单位发的过中秋用的。她平时也不戴，家里放着也是放着嘛！我下周六下午正好要到市政府去开会，有车子送我去回，听刘桐说你是在探机厂上班对吧，那正好，你们单位就在市政府西北角不远，我到时候完事了就接上你，你就不用再坐公交车了。”

“那行啊，正好我周六下了班去看看刘姐，哪里能让你们白破费呢！”吴依琳带着一旁的青菁一同站起来说。“那就这么说定了，周六开完会我去接你。”齐仲恺同她们一道出来，在楼梯口简单道别后，目送二人并肩离去。

出了大门，沉默好久的青菁突然问道：“哎，这人谁啊？怎么感觉他看你眼神怪怪的，别是看上你了吧！”“哪有啊，人家是物资局领导，有家有口的，哪里是看上我了，那是人家的教养礼仪，他是一个待我很好的姐姐的丈夫。”吴依琳回说。“呦，领导？领导会在这站柜台？别逗了，你不觉得很奇怪吗？感觉他看你的眼神，好像游移不定的。”青菁斜过眼睛看她，满是调皮的挑衅。吴依琳觉得她太过多疑了，便说：“那是人家妻子怀孕了，在库房里面歇一会，他过来替妻子盯一会班也正常啊。总不能班上没人管的吧？”“哦，这样啊，那好吧，反正你注意点，小心拿人家的手短哦。”“哎呀我去看那大姐时礼会还回去的，这点规矩还是有的，便宜肯定是不能白占人家的啊！”

临近晌午的市中心，在高云烈日下泛出清朗的剔透。青菁从袋子里拿出那件鹅黄色的连衣裙，细细察看日光下的品色，那裙子在骄阳的炙烤下，更多了些明艳。

齐仲恺走进商场底层的库房，温度即刻变得阴冷，他看到刘桐仍在内舍的铁网床上眯着，听到声响后，浅浅飞出一句：“这个周末，也不知道她会不会来。”齐仲恺挨坐过床沿一边，心有定色般说：“哈，你还别说，她还真来了！刚送走的。”刘桐睁开了眼反问：“真的？你的预测能这么准？那东西给她了吗？她要了没？”

“她，她肯定要啊，这么稀罕的丝绸，岂能有送不出去的道理？不过，她也应着过几天要去看你呢，估计是不好意思了吧。我看啊，要她上船应该不难，这跟钱打交道的人，能不爱钱么？她们单位光在职的员工就有上百号，再加上退休的，那还数得清么！”齐仲恺说完，两人没再有更多来回，一边的窗子被遮了大半个阳面，只留下掌面宽的隙光。刘桐正低头拨弄手里的沉香串，那串子兴说大有来头，是她家祖辈自抗日战争时期传下来的，依稀留有檀木的清香气，经过累年地摸抚，泛出层浅白的亮色。她将视线抛移到对面的楼顶，那双平日里朴诚柔善的眼底，隐约间射出点冷厉的流光。

吴依琳回了家，进门便换上了那条改良款的紫红色旗袍裙，拿出了新婚休假时，福鹏给她在秦皇岛海边买的那串珍珠链子，后又搭上了齐仲恺刚给她的浅灰色丝巾，衣柜镜前的她，顿时显出风流娴雅。天气由晴转阴，整整一个下午，吴依琳都坐在床头呆望着窗外，想着仲恺那如雕刻出的精致五官，还有他周身携带的那股子烟草味道，似乎他的每一句言语、每一刻鼻息，眼角眉梢带有的每一秒神魄，都成了她一遍遍温习的功课。

她心里思忖："要说那刘桐自身条件也没多好，要长相没什么长相，长得黑胖黑胖，圆头圆脑的，要身材也没什么身材，矮墩儿矮墩儿的，真不知道齐仲恺看上她什么了，她竟能这么有福气，丈夫单位月月有货票布票贴补，真是好吃好穿从不用发愁的。"吴依琳抬眼瞟过对面瓦房的方向，阴白的天色染得空气都凉了些，她倏地窥见一只漂亮的狸猫窜出来，在屋顶上徘徊，好像在寻些什么，绕了两圈后猛地钻到烟囱里去了。

快到6点，吴依琳脱下了那套精致装扮，换上家居服，开始准备晚饭。她从厨房拿了只升斗去盛米，那敝旧的木升斗，暗漆中透出点点斑驳，一层白米的灰渍附在上面，薄厚不均，好似过了气的艺妓脸上，依稀残留的油脂粉。她瞬时就想起来刚和福鹏恋爱的光景，那时她不过19岁，刚要从财会学院毕业，是学院里风头最盛的女生。

那时的福鹏要比现在清瘦许多，记得有次他们闲散在河沿畅怀，吴依琳问他："哎，咱们毕业后，你想干吗啊？"福鹏一向敦厚，没做设想便说："呃，服从分配呗，不做会计的话，就去做手工活，反正怎么样都能活，都能养你。"她又仰头望着山顶的景观灯，笑问道："嗨，你说你成绩那么好，一个大好青年，就没什么理想吗？"福鹏低头不语，出神了片刻回道："理想？嗨，理想这东西就只能想一想，你我啊只不过都是升斗小民，好好过日子比啥都强。"

铁门沿子倏地拉开了，福鹏推了吴依琳那辆灰蓝色坤车走进来："哎，快出来帮我拿一下菜。"吴依琳走出厨房，看到福鹏买了一整袋子蔬菜放在自己前面的车筐里，便没好气地说："你买菜干吗骑我的车子去啊！这车筐压变形了，你给我换吗？！"福鹏愣了下，发现她好像气不顺，回道："出去买菜嘛，骑谁的车不一样啊。你这个有车筐，不用拎也省事儿啊，你这是怎么了，下午自己在家太闷了？"

吴依琳又怨道："你说说你，一个大男人骑女人车出去买菜，你也不怕被人笑话啊？"福鹏觉得她有些莫名其妙，便只拎了菜向厨房走去，两个小孩子也跟在后边随之进去了。吴依琳看着福鹏的背影，他那穿着棕黑色拖鞋的后脚跟上，长满了一层老旧的死皮茧子，一双矮壮粗笨的小腿肚子上，镶着一颗颗被蚊虫叮咬后，狠力抓挠过的暗色疤痕。

她索性脱了围裙，走进卧室里，不愿进去搭手了。只留了福鹏一人在厨房里忙活，他不时切些个胡萝卜给孩子们当零食吃，红脆的细碎从小孩子嘴角溢出来，带着满足的甜腻。吴依琳在屋里独自犯呆，眼波眺着不远处电线杆子上的几只麻雀，它们自顾自说着悄悄话，一时聚合，一时又嬉散开，在肆行闹耳之间，总是灵驯自由的。

接下来的几天，福鹏总感觉吴依琳心有郁结，甚至会情绪不稳，乱发脾气。为了扭转僵局，他便拿出积蓄，给她换了辆新车子，求她欢心。

周五下班后，吴依琳拿了两张货票，去了百货商场一层，买了些牛乳、饼干，罐头类的滋补品，以备明日之需。第二天一早，又早早起来装扮，她穿了件白底黑灰格子衬衫，浅灰色短脚裤，白色帆布鞋子，带着一车筐的营养品，匆匆上班去了。她移动中的两只脚腕细小嫩白，与车轮一同向前打拍子，车子泛出崭新的亮色，是清新的天湖蓝。

青菁早就到了单位，一见吴依琳便伶俐道："吴美人，今儿打扮得这么清纯，和个学生似的 ，这是要去哪里啊。"吴依琳笑道："哪里就成了学生了，都快要30岁了，我今儿要去看一个姐姐去，穿得随便点。"吴依琳嘴上虽只轻云一掠，但心里却清楚，男人对年轻女人的干净清爽，终是毫无抵御的。好感这种东西，往往来得出其不意，又自有道理。

下午5点，吴依琳拎着两袋子补品，在探机厂门口的路边等齐仲恺来接她。很快，一辆暗灰色吉普车缓缓驶过来，停到吴依琳脚边。齐仲恺从车里摇下窗子喊道："依琳，等久了吧，上来吧，我刚开完会。"吴依琳款步上了车，轻关了门，又欠起身子挨到车门边上，侧过脸说："嘿，哪里就是等久了，我也是刚出来，刚站稳了脚，您就到了呢。"吴依琳乜眼瞧了一下身边的齐仲恺，应是要到政府开会，他一改之前的朴素装扮，现下一身挺立的套装，显得他格外爽利。暗蓝色的衬衫立起方正的衣领，映了他的侧脸更加俊俏了。吴依琳回正了视线，她窥见司机背后的玻璃窗子上，围着两片深褐色的布艺帘子。偶尔有星点的片刻夕阳，从那褐色帘子的空隙中钻出来，射到她眼里，偷偷打量。

"你晚上想吃点什么，现在刘桐怀孕，我回家掌勺。"齐仲恺说。"嘿，吃啥都行，我主要是去看看刘姐，她特别照顾我，你可是真有福气，她肯定是个好母亲，好妻子。"吴依琳低眉软糯地说。

"哈哈，平日里那么老实的吴依琳，怎么突然就嘴甜起来了？"齐仲恺听了她那一番夸赞，突然又一次抓住了吴依琳的手，趁着四下里无人，抓得更紧了些，"什么是好妻子？只会烧饭洗衣服那是好保姆，妻子要有妻性、母性和女儿性，更重要的，还要有情人的特性，缺一不可的。"这一番哲思砸得吴依琳没话说，只能默口听着，她那只被齐仲恺握住的手，始终未有挣脱。

齐仲恺又举起吴依琳左边的手，细细端详：“哎，瞧这一双纤纤玉手，养得白白净净的，该是在家从不做家务的吧？”吴依琳没做回应，只是无奈里应声轻笑，齐仲恺又拿过她的手放在鼻子尖上嗅：“呦，还有雪花膏的香味，这年轻姑娘就是会保养！”吴依琳觉得尴尬，这才把手抽过来放到腿边上：“真不是你想的那样，我这天天在单位里数钱，回了家洗衣服洗碗的，哪有时间保养的啊！你可真会哄人！”齐仲恺又问：“哦，一下想起来了，吴小姐好像是做出纳的吧？这一天得经手不少钱吧？”吴依琳思了思回道：“嗯，也不算太多，每天最多也就上几百块吧，就是每月中旬会多一点，整个厂子里的工资差不多得几万块。我这也是一到月中就头大，发钱数钱一数数一天，你想想啊，那得是一张一张地算，可是昏天黑地地数票子啊！那钱臭味，都能给人熏晕了！”两人只是呵呵发笑，调侃掉生活的疲乏。

吴依琳看着窗外的黑色人群，浩荡间呈出没有规则的形状，像是不着目的的远征军。那是些骑着自行车回家的人，脸面里写进倦态的麻木。她平日里也是这行进大军中的一员，今天在专车里遥遥盯过去，也算是找到了点自己的影子，她想起福鹏所说的那个“升斗小民”，确确乎也不过如此。

“想什么呢？”齐仲恺问。“没想什么，羡慕你们，羡慕刘姐。嫁了这么好的人。”吴依琳小声说道，她远抛出去的一双眼，透出笑看浮生的怅然。“呵，小琳今儿嘴怎么这么甜，真是少见啊！”齐仲恺笑道，他拉住她的一边手微微松了些。

吴依琳没再回话，只是坐着发呆。车子依旧跟着单车大队缓缓行进，那可真是个听话的司机，生怕惊扰到大部队的节奏。

忽然，吴依琳好像瞥见了青菁的身影，刚要告诉齐仲恺，在扭头的一瞬，他竟猛地吻住了她，刚要脱口而出的话，被这突袭的一吻生生憋了回去。吴依琳憋着气支吾间说不出话，三五秒后，随应着齐仲恺的吻，身子才一点点软了下来。齐仲恺吻得更用力了，似乎整个世界也随之停滞了，他嘴边的胡渣轻轻蹭着她的嘴角，她整个人都快被他吸进去。他脸上的烟草味，让她不禁意乱神迷。

车子倏地住了，该是到了刘桐家的胡同巷口，吴依琳挣脱出齐仲恺的臂膀，慌乱中定了定神，她那张涨红了的脸，和唇边被蹭乱了的口红印子，像是个受了恐吓的红嘴鸥。

车子停了，还未熄火，吴依琳的大腿随着引擎微微颤动，也不知是那引擎幅度太大，还是她太过紧张。西边的天色，约略留有一线灰白，天像是要黑了，却又迟迟黑不下来，不上不下的左右为难。吴依琳怔怔地看着那两片深棕色的窗帷，还好有它，隔绝了内里的空间。她脚下那只用网兜装裹的蜜桃罐头，竟也在轻微地左右摆晃，那兜子上的颗颗网眼儿，分排得规整而急切，列队般讪笑着她的惊惶。

“下车吧。”齐仲恺不知何时已经下了车，打开了她这一边的车门。吴依琳正了正神，匆匆拿下那几只凌乱的网兜，对着车窗擦了擦嘴边的红印子，又整了整衣襟，随着齐仲恺往胡同里面去了。

吴依琳一直神思恍惚，惴惴不安，可齐仲恺却像是没事人一样，刚进家门便喊道："人家依琳来看你了，你晚上想吃点什么啊。"只见刘桐缓步出了客厅，她那张黑胖儿黑胖儿的脸，较之往日更多了圆润，她脚上的那双暗紫色的毛绒金丝边拖鞋，吴依琳还是头一回见。

"妹子，你说你来就空手来嘛，还拿这么多东西干吗啊？"刘桐憨笑地说。

"哦，我，我这不是过来看看你嘛，你这是在孕期，还是要吃点好的才对。"吴依琳低头支吾着，眼里流出闪避，不愿多看她的脸。"哎妹子你快进来，我最近也没怎么见你，忙什么哪！"刘桐拖开小步子，拉着吴依琳进了里房。

"嗨，我也没忙啥，还是算账那点事儿呗，月月都是重复着做。你这到两月了没，我看还不太显肚儿呢！"吴依琳把话题引到人肚子上，总算是放平静了些。

"我这都是第三胎了，反应没有头两胎那么大，就是身子软没劲儿，总得在床上靠着，该是岁数大了吧，现在稍微动一下就心慌!"刘桐笑说着，拿过两瓶水果罐头想要开了吃。"姐你快别动了，我来开，你去床上歇着吧。"刘桐依了她的话，继续在床上歇着。"这罐头可真是拧得紧，我这也打不开啊。"吴依琳那半只素手因用力过猛，勒出了道道白痕。

"哎，咱们女人手劲小，你去后厨找你姐夫去开，他啊做饭难吃，你去给他打打下手得了，我这身上总发软，得多歇会。”刘桐懒懒地躺在里间床上，脸色透出浮肿的虚白，她那平日里灵动的眸子下面，平添了两道暗浅浅的褐色沟痕。

吴依琳照做了，她拿着那瓶蜜桃罐头去寻齐仲恺。进了后厨，齐仲恺竟一改方才正装齐整的模样，套了条墨绿色的围裙，整个人平和了许多。案板上齐列着瘦猪肉、尖椒、西红柿、蒜薹等食材，五颜六色，照得人心痒。怪不得人都说，会做饭的男人最是生动，不过，这般生动比起福鹏来，似又多了点调侃意味。

吴依琳做出平静状：“刘姐让我帮你打下手，你先帮我开一下罐头吧，实在是太紧，拧不动。”齐仲恺顺手拿过那瓶罐头放下：“你先帮着我做饭，罐头要饭后再吃啊。”她只好照做了，提起刀来一下下切着余下的生菜，齐仲恺则在一旁炒米饭。这一幕，不过寻常的夫妻应然，只是这一刻，时间似乎又一次凝固住了，躲不掉，也推不进。吴依琳思着：“生活本就是平淡的，没点激情和插曲，终是一个寡淡。”

在她出神的片刻，齐仲恺把炒好的扬州饭忽地放在了案板上，她看见那盘子炒饭油光清艳，不禁讶异道：“呦，刘姐说你做饭不好，我看好得很呀！”齐仲恺没做言语，只呆呆近瞧着吴依琳，她鼻翼上的轻粉该是擦花了，露出半圈小麦色。齐仲恺愣神几秒后，猛地从背后把她压到房门上，厨房门瞬时间关齐了，油烟也跟着一并静下来。吴依琳这次像是有了心理准备似的，终究是冲破了心内痼疾，热烈地回应起来。

时光被拉得更加漫长，后厨的门框一下下撞击墙壁，泛出有节制的声响。灶台上的小块鸡肉用文火缓缓炖开，缕缕醇香、丝丝水汽一点点充盈起半旧的房舍，空气也随之变得猩红而燥热。这是此般武火干柴第一次越界，无人发觉，且是行进迅疾。仓促的片刻很快平息了，吴依琳从未感受到如此一般的怡悦，她像是个被突袭的童子，瞬时被点燃了压积许久的生命活力。

天色全黑下来了，仅留了点点暮霭渐次西奔。今晚的菜肴算得上待客之礼，桌面上的蒜薹炒肉、尖椒鸡块、番茄炒蛋错落有序，鲜明颜色颇显丰盛。想来齐仲恺的厨艺还是值得称赞的，说得上是家里家外一把手，吴依琳整个人都被他勾了去。

其间，齐仲恺说："一会我去妈那接孩子，碗放着我回来收拾，你吃完还去躺着吧。"刘桐只是含笑以对，没做答话，心中眼中都是夸赞。吴依琳看这景况，心里不免泛酸，便垂眼打诨道："瞧这幸福的孕妇，被先生当公主待着，可不是谁都有这般好福气呢！"齐仲恺没言语，顺手夹了菜给吴依琳，三个人吃得仓促，却也餍足。他们各占了圆桌的一向，距离均匀，无有疏近，透出对立的隐喻。

不多时，吴依琳同刘桐做了些虚礼，算是道别，头也不回地出去了。刘桐见着此般景况，斜着眼对齐仲恺笑道："嘿，你还不快去送送她，这大姑娘敢情是身子好，一会工夫倒还真让你丢了魂儿不成？"

齐仲恺很快跟了出去，走了十几米远，才算跟上她的步子："嘿，你走那么快干吗呀。"吴依琳回头打量他："我要回家啊。不走快点，还要看你俩在家腻歪不成？""你这说的什么话，谁腻歪了，你等我，我送你回去。"齐仲恺紧紧拽住她。"你别跟着我！我看咱们以后也别见了，省的让人说闲话。"吴依琳眼光灼灼地向前走，不带有丝毫疑虑。

齐仲恺眼见四面无人，便趁机一把抱起她，径直大步往前走。吴依琳腾开四肢猛力挣脱，踢打间僵持难下，橘色的路灯旁侧，被拉长的两个人影儿，像是厮缠不休的一对章鱼。

僵至一棵老槐树下，齐仲恺才算泻了口气，顺手把吴依琳贴放到她后方粗笨的树干上，两人鼻息浅近，再次贴到一起。吴依琳的怒气仍自未消，频频喘气用白眼瞪他，齐仲恺稳了稳呼吸说道："别气了，我这面上得做到位啊，其实对她那老妈子早就烦了，等她把孩子生下来，就让她回娘家去，把你接过来住，以后，咱俩一块过。""切，话说得好听，谁信你的？白占的便宜谁不要啊！"吴依琳怅然，撇去右边的侧脸露出轻俏的下颚线。

齐仲恺用额头抵住她瞧，看见她瞳仁里自己的一张脸，瞬时又从裤兜里抽出一面手帕子，放在吴依琳手上说："谁想白占你便宜了，我这么有诚意的人，哪里是白占便宜？选择了什么样的女人，就等于选择了什么样的生活，哪个男人不想找个养眼可人的媳妇，非要去找老妈子呢？"

吴依琳渐渐消了气，顺手打开那帕子，发现里面是圈圆润的银镯子，在月光下晶亮无比。她其实不懂鉴赏首饰，只看见那一环莹丽的圈子，在路灯的打照下，泛出疏透的盈白。能打动女人心的，有时就是这些具有仪式感的小物件，这算是吴依琳生平里第一次收到镯子，其中奥义，可谓不言自明。她抬头看着齐仲恺，他眼里正散出炽热的真诚，那热望就快要刺进她眼里了，直催得人情不自禁，泪光莹莹。

齐仲恺同吴依琳一道上了公车，肩并肩坐在最后一排，忽忽行进的车子，摇着两个身体在节奏间挨撞。吴依琳右手腕上那只银色镯子，在清光皎皎的月色下，一点点渗出迷雾般的冷光。

婚姻里罩着的多是乏味和单调，即便是涓滴互助，也终究躲不过烦累庸常。婚外的果子，却总似比墙里的甜。在这一次后厨偷情后的时月，齐仲恺和吴依琳，像是一双箭拔的弯弓，迸发着最本能的动念。

齐仲恺目送吴依琳回了家，待她闪身空巷的尽头，齐仲恺一边的嘴角微微向上斜了斜，在他那双冰光犀利的瞳仁里，总透着股子不易详察的魑魅。

“怎么这么晚才回来，吃了饭了吗？锅里还有焖过的面，你再去吃点。”福鹏说，他那微微发福的胸背，撑爆了那件穿了三五年的二股筋背心，腋窝两旁的赘肉四溢，显得有点滑稽。福鹏平日里对吴依琳一向是疼顾的，但此时的这般絮叨，却更加重了他的庸凡。他常年在纺织厂做苦力，当年在学院里的那点锋芒，早就被繁复的日子耗散了，那点来回重复的温情，也像是磨盘上的碾子，沉重拖沓、了无生气。

此时的吴依琳脑海中全是齐仲恺健朗的影子，她只恨自己这般的水晶身子，竟一样是难寻佳配，只得在这间窄小的瓦房里贫度余生，不禁便抬眼奚落道："饿了我自己吃，不饿就不吃，我又不是小孩子，不用你来操心了。"说后便起身到卧室收拾，她往后瞥了眼福鹏，见他未曾跟进来，便取下那只银镯子，匆匆裹起来，尘封在柜底的妆奁里。

吴依琳坐在一张木质的梳妆台前，对着老旧的圆镜子窥视，她发觉自己的眼睑下竟生了些浅浅的路纹，她猛地伸手拉下来墙头的壁灯绳子，多了强光的打照，那几条显眼的纹路，好像又被抹平了，只留下点暗青色。

新的一月刚刚开始，整面漆蓝的天界里，只留现出一牙纤白，孤削如发，透出残破的凄婉。福鹏依旧鼾声如咒，觉察不到她的异样，小女儿在睡梦中用食指钩住她的小指，轻轻地喘息。

三日后的下午，吴依琳再次接到了刘桐打到探机厂的电话，听筒后的刘桐依旧温和柔善，只听得她说："妹妹，你姐夫单位今儿发了三张电影票，是去市区广场看那个《英雄儿女》，你跟我们一块去吧，一起热闹热闹。"

一边的人热情邀约，另一边的人却是心生抵触，吴依琳支吾着回说："哎，桐姐。您现在有着身子，还是好好在家休息吧，我改天再去看你。"刘桐又做出劝解的态度："嘿，看电影嘛，又不是干重活，我总在屋子里休息也怪闷的。一起去吧，单买电影票也挺贵的，花那钱呢？！”“哎，姐，我还是不去了，家里还有孩子得回去陪。”吴依琳咕哝了半天，她那双时旁时侧的短跟鞋，不断在原地打圈子。

回了里间，吴依琳不住地发呆，对桌的青菁探问道：“吴大美人儿最近可是天天发呆，你是没睡好啊还是和老公折腾得太累了最近，哈哈哈。”“瞎说什么你，小样！”吴依琳笑她顽皮，拿过一沓子票据砸到她头顶上，飞出的印蓝纸落了一桌子，害得她只得去一张张收拾。

转眼到了下班点，青菁抬脚就跑出了楼门，留下一句：“我要走了，不陪你惆怅了。”吴依琳目送着她活泼的背影，眼里满是长姐的关切。青菁快步走出去，一条黑蓝色的长裙底下，露出半截紧细的小腿肚。吴依琳看着那伶俐身段，像极了自己单身时的光景，满溢着胶原蛋白和种种可能，不禁轻叹了口气，拿起挎包起身出门。

她出了厂门，正溜着车子准备回家，忽地发现齐仲恺单位那辆暗灰色的吉普车正停在路边。吴依琳仔细打量，瞬时发现了刘桐的脸，她那张臃肿黑肥的脸，最近是更加富态了。只见她挥着胳膊喊道：“依琳，依琳，妹子快上车，姐带你看电影去！”吴依琳觉得骇怪，只怪这粗胖妈子是不请自来，竟还主动踏上了厂子的大门，却又摊不开面子，不好违拗，只得又锁了车子上前去。

齐仲恺和司机坐在前面，那两片褐色的帘布叶子沉默中再次隔断了两面空间。吴依琳硬了头皮坐到后座上，猛地关上右侧的门。车子缓缓行起，吴依琳紧靠着右边的门侧，隐隐能听到前方齐仲恺浑厚的嗓音。她始终与刘桐未有丝毫对视，真像是怕眼里有火烧起来。

只听得刘桐热情道：“我这来看看妹妹这两天干吗呢，你姐夫今天刚拿到电影票，第一个就想起你了。咱这小地方，一年里能看上场电影就不错啦。”吴依琳低低答道：“真是谢谢姐姐姐夫惦记了。”“嘿，谢什么呢，有好事姐不得先想着你啊！你姐夫现在是怕我闷，天天变着法地给我找乐子呢，呵呵。”刘桐那张拙笨的脸上，不时露出种刻薄得意劲儿，刺得人万分拒斥。

小城的九月冷得早，傍晚已透出薄刺的秋寒。市中心的文化广场，是市民们学习交流的中心地。广场中央有个高达十米的伟人像，雕像上那只长久举立的手对向横亘全城的清河水，久久挥洒着过往岁月的峥嵘。

下车后，齐仲恺走到车子左侧，扶过刘桐下了车，并把随身带着的外套披给她。吴依琳也侧身下来，不远不近地站在两人周遭不言语。广场上稀散了满满的人影儿，像抓不住的蝌蚪粒。雕像下方那块放电影的白布罩子，随着河风飒飒而动。

“依琳，快来姐这边坐。”只见刘桐落座在广场中心位置，她摆出对电影极为痴迷的样子，一脸堆笑地等待开场。依琳只得在她身边坐下来，四下里没话说。刘桐身上不时飘过来阵阵皂香，更让她多了几分中年妇女的意思。

“电影7点开始，晚上可能会有点凉，你看你多会儿想回咱们就提前走。”齐仲恺走过来坐到刘桐身边，说着些过后要去接孩子的话。屏幕上的英雄们在枪林弹雨中挥舞着刀枪，黑白双色的视觉切换，呛得人眼晕。不过比起来这等紧张，吴依琳却始终不能融入剧情，她想走，又羞于打破这般尴尬场面。

又过了一会儿，吴依琳对刘桐低声说：“刘姐，你们先看着，孩子昨天身体不舒服，我得提前回去。”刘桐即刻回道：“啊？那你快回去看孩子吧！仲恺，快去送送妹子，过两天我们还会来一批鞋，到时候到货了，我给你打电话啊。”“哦，行呢，谢谢刘姐啊。”吴依琳转头直行过去，随伴着后排一众人的侧目，她面无神色，淡出了人群。

再次回到空旷的路面，吴依琳总算是求得了点清净，她脚下的一双矮跟鞋，涣散间踏出阵阵清响。

“哎，不看完了再走，又提前走了。”齐仲恺赶过来抓住吴依琳说。“松开，别抓我。你俩来看电影，非要拉上我，还让我坐你俩一边，是想故意恶心我吗？”吴依琳道。“什么叫故意恶心你？是她非要叫你的，我倒是想跟你单独看呢！”“别贫嘴，非让我坐你俩旁边，不是故意腻歪我，那是什么？”吴依琳越说越气，她那积存已久的怨愤，正顺了步子一节节泼洒到路边的屏障。

“以后，凡是你俩一起，别把我往一块叫，我不稀罕！”吴依琳转头啐了一口，却猛地发现齐仲恺在身后对着自己笑，她有点犯痴，两人相互谛视几秒后，齐仲恺上前挽了她说：

“今儿可不是我叫的你啊，我这面上怎么也得过得去不是？总不能让那老太太发现咱俩关系不正常吧?”“嘀，老太太？什么老太太，我看你压根就没想接我过去，反是对她体贴得很呢！”吴依琳愀然道。

“你得给我点时间啊，就因为是老太太，才需要照顾，像你这样不多见的挂历女，我只有跟在你屁股后面追的份儿喽！”齐仲恺自说自笑，许是在机关工作的缘故，他这探人心思、讨人欢喜的嘴舌功夫总是一流。

垂暮时分，黑蓝的天色暗隐了些酱紫的斑影，混去大片的点状白云都染了色，稀稀散散，时有时无地在天线边上围砌。公车停下来，他们上车坐到最后一排的空座上，任随路径颠簸。吴依琳随着律动轻声说笑，一张童稚般的侧脸，在路灯忽明忽暗的射照下媚如秋月，天真中混带娇憨。两人在间或突袭的颠颤里，生出梦魂颠倒的愉悦。齐仲恺侧过眼盯着她看，心里暗忖着：“一个美女，真是可惜了。”

日子是看不见的水滴子，匆匆掉下去，不着痕迹，平静又仓促的速度，像极了吴依琳家门口那条浊不见底的清水河，看似了无声响，却再不见往昔如昨了。这段日子，因这般突现的情梦，以及由此而来的种种好益和实惠，都使吴依琳像是回到了少女时岁，是无限的优渥。在她眼底那抹轻熟少妇的媚艳里，总能露出点女童特有的净白。

近了十月。一日早凉，吴依琳身着深玫色改装长筒，脚蹬短跟黑皮鞋，外加一件卡其色外套，草草别了丈夫孩子出了门。刚到单位，便接到刘桐的电话："嗨，妹子，入秋了，单位上午刚发来一批皮革鞋，样式很别致，我拿了几双回家给亲戚朋友们留着，真是比在柜台上便宜得多啦，今儿下午你提前过家里来瞧瞧吧？"

吴依琳说："谢谢刘姐，我这下午得去趟西城呢，今天正好周六，得明儿才能去了。"刘桐道："别，这几双鞋子都是上海最新的款式，洋气得很，姐不是想着你样子好嘛，最好的款式总想先给你留着，好物配好人才对啊！你抓紧时间过来，先挑双喜欢的直接拿走吧，要不啊，怕让别人先抢走了。"吴依琳思忖了片刻说："哦，那好吧。那我得晚点过去了，下午得出去一下呢。"她心里虽是不愿见刘桐，但又想拿到最别致的款式，纠结再三，还是定了心。

那天恰是十月十五日，是吴依琳照例去人民银行领工资的日子。下午4点，她携了三万六千元现金离开银行。临近探机厂附近的梧桐路上，不想竟偶遇了齐仲恺。她觉得万分碰巧，好似热恋期的人，当真能有奇妙的际遇。

齐仲恺睁圆了一双眼："你怎么突然在这？"吴依琳明快道："怎么，这是你家的路啊，你来这做什么？"齐仲恺敏捷地说道："哦，今儿来你们厂找我一个同学，他爸和我爸是战友，聊了两句刚出来，就在这碰到你了，看来我是真想你了，你就恰巧出现了。"吴依琳不禁失笑道："哈，真会说，今天吃了香蜜了？"

齐仲恺垂下眼说道："哎，我现在啊，是又想见你，又不敢见你。想见你是天天想你，不想见你，是见了你我又心里纠结。”“你纠结什么？”吴依琳问。“纠结，纠结自家的媳妇甩不掉，人家的媳妇枝头俏啊！”“呵，又开始了，你这大街上的，谁跟你打情骂俏的！”吴依琳白了一眼就要往厂子里走去。

齐仲恺连忙抓住吴依琳的一边手，他正色道：“我没打情骂俏，是真有点想你了，她昨天说让你去挑货呢，今儿中午我出来的时候，她妹妹和妯娌们都备着下午要去选呢，你先去挑双好的吧，一会让人家都选剩下了，不好。正好我也想跟你说说话。我们坐公车过去，你选完我还有个借口出来送你，能和你多待一会儿，你就别骑车子了。”吴依琳思了思，没回厂子里，就跟齐仲恺上了公车。

那天的光景格外慢，窗子外的街道一段段重现出平淡的剪影，像是过电影，一遍遍重复着老旧街道的离奇故事。齐仲恺今天的话很少，像是噙满了难说的心事。他岔开双腿，一双手交叠在一起，做出一副要汇报工作的模样。吴依琳问：“你这想谁呢？”齐仲恺叹了口气说：“想谁，想你，我觉得我很失败，自己的媳妇像老太，想要的媳妇又够不着。”

吴依琳笑道：“哈，怎么，你抑郁了？”“是啊，换你你不抑郁么？我想等她把这个孩子生下来，想办法要跟她摊牌，我不想这么人在曹营般地活着了，这日子没盼头，也没意思。”吴依琳挽住齐仲恺的小臂没有言语，她手边上的黑皮包鼓鼓立在一边，安静地窥察此般定夺。她头上的丝丝碎发，随着窗外的微风习习而动，频频拂到齐仲恺的脸上。

“哎呀，妹子，这几天不见又变漂亮了！”刘桐的脸上依旧堆砌着标志性的笑容，标准得就快要僵住了。吴依琳笑着回她：“哪有什么变化啊，姐您这就会夸我！”“实事求是啊，我卖了十几年的货，也算是阅人无数了，这整个城里啊，挑都挑不出来比你再标致的人了！”她依旧在那喋喋夸赞，嘴角边上不时堆出一小坨白沫子，忽忽跳出来，幸好没飞到吴依琳脸上。刘桐又做了些到位的寒暄，便转身进了里屋，她那肥硕的背影，就像是因纽特默片中的灰企鹅。

刘桐从里屋出来，拎来五双新鞋子，齐整整地摆在柜橱顶上，仿佛阅兵队伍的礼赞。吴依琳上前去挑选：“姐姐，你真是有心了，竟给我留全了等着我选呢！”刘桐笑了笑说：“上等的鞋子配上等的人才，才能出来好效果啊，肯定是要你挑完了再让别人挑的，我那些亲戚朋友们啊，随便拎出来哪一个，都衬不出这鞋子的好！”

她的那一番台词虽说早就是老旧模式了，却总能让吴依琳听着受用。吴依琳一双双蹬上一排红黑米棕不等色的皮面鞋子，发现双双都是合脚合宜，竟像是为她量身定做的，便随口说道：“姐姐真是好性儿，每双鞋子都能那么合脚，哪双都这么好看，我又挑花眼了呢！”刘桐陪着她一双双品鉴，反复比较后又说：“我看这红色棕色好像都不太合适，你还是穿黑白的最好，也好搭衣服，你要喜欢就深浅两色各拿一双吧，姐给你便宜些，走进价。”

吴依琳又走去衣镜前，前后左右地察量。该是脚下蹬了跟儿鞋的缘故，她从镜子里窥见刘桐的身材，似是更加短小粗笨了。

刘桐在身后说：“妹妹该是前后里间来回走走，看看哪双更合脚好穿。”吴依琳听从了她的提议，缓步挪动身子，闲庭般测量过地面的边界，竟像极了这间房舍的新任女主人。她那一副出挑的样貌，把身后圆肚微挺的中年女人，衬得足像是个仆妇。

吴依琳袅娜地来到里间的衣镜前，因找不到灯钮，外间明耀的白炽灯，使她在这一面的暗色里窥不见清晰的镜像。无奈，她只得又走去外间，只在她转身的一瞬，一下巨大的重击从头顶轰泻下来，她感到一阵晕眩，意识也趋渐模糊，思疑中该是墙顶塌了。不过几秒，她便觉得重心游移，双腿发虚，很快就跪倒在地。

她不知发生了什么，再次用尽力气回头看，她看见暗中有一个人影。那人影渐次近前，隐隐现出齐仲恺的脸，那张脸，即便是溅上了斑驳的血点，此刻也依旧是清俊的。她在迷眩中觉得吃惊，那暗色中的一张脸，竟是齐仲恺。她仍旧时信时疑，睁开眼用力观察，然而等来的，竟是又一下地猛击。吴依琳也由此一击，终究是了无知觉了。

时间停下来，空气中弥漫出腥臊的气味，片片血斑迸溅到四周的墙壁上，是血染的红梅。适才清亮的衣镜，也被染了大片的涂渍，正一条条自上而下奔泻下来。刘桐轻声问：“你看看她包里，没回单位的话，应该还在。”齐仲恺照做了，他从吴依琳随身的黑色皮包中，寻出一沓厚厚的现金，归还原处后，齐仲恺回头说："你身子不方便，抓住脚腕，先帮我拖过来。"

刘桐移步过来，掀开了客厅角落一处隐秘地洞上的掩覆，那只地洞小而幽邃，刚好填进一个人，是她和齐仲恺三月前便制好的。

吴依琳27岁的生命，定格在寻常不过的月中十五这一天。她满身的魅艳韶华，也被错付进了这数寸的地洞里。也是在此，吴依琳见证了齐仲恺一家，持续21年，前后7000多个日夜的幸聚与欢合。她终究是依傍自己格格不入的突兀，成为了小城中的奇闻和谈资。因疑案难攻，警方费尽全力都没能找到巨款的去处，只能任流言在坊间疯传。

真相慢慢远移，吴依琳在齐仲恺家的地洞沉浮了多年，渐渐成形了一个携巨款外逃的间谍传言。似乎也只有这样一个特殊的身份，她那特立独行的明魅，才在人们心中悄然对等了。吴依琳往生后的一双儿女，也在随后的21年内，始终牵连着母亲的身影，以致半生冤祸频生，任何来自机关的优待都被刻意排除了。

倩伊放下报纸，仍旧了无睡意，她脑海中数次掠过齐华芳父亲的那件摇曳的白衬衫。那件纯白无瑕的衫子，曾属于一个周身浸着鬼邪的男人。他的那张脸，行岁至晚年时分，总透着种深不可测的诡秘。

在齐仲恺服药自杀后，刘桐随即自首，后因同犯同谋被判了无期，几个子女都几乎和她断了来往，两年后的春节，她在狱中郁郁而终。

残夏的子夜，还没到落叶子的季节，路旁的洋槐树已渐渐落了点斑黄色。一盏孤灯在路边细诉，引来一群飞蛾围在那，光底下扑扑动动、飞飞闪闪，衬着世界更加安静了。

双环亭

假日里少有炎热，刚到九月便渐生凉意。校园外挂起迎接新生的横幅，红白相间，仿佛在过节。大门口的喷泉闷了一个暑假，刚刚开启它的新任期，奈何那五支泉柱仅剩下两支，时而左边的高、右边的低，时而右边的高、左边的低，冒着劲儿地突突跳出来，白汩汩地耀眼，换了口气，又蹦到更高处，周而复始，不见停歇。水花喷薄出豪盛的劲势，漫过一池清水，滋润周旁的花草，随风摇曳，明媚竞艳。

新生分班册上排满了名字，好像也没有什么特定顺序，王李赵刘贴了十几页，引来上百号学生围观。沈葶在花名册的第五页找到了自己的名字，她的下方，写着胡婷。她们一同进了重点班，班主任苏远是学校里的模范教员，一身玫粉色绸缎连体衣，把她衬得像讲台上的名伶。“来来来！孩子们，把笔放下，今天是我们班第一次开学见面会，我先开始点名，叫到名字的同学要起身和大家打招呼。”徐嘉忆，到，佟依依，到，乔风燕，到，沈葶，到，胡婷，到……被叫到的同学挨个站起来。这一次，沈葶的后面，还是胡婷。

沈葶好奇，转头打量，那胡婷坐在她后排三列，长了一张粉馥馥的肉团脸，乌云盖顶的漆黑头发倾泻下来，半面刘海儿遮住额角，露出鼓鼓的单线眼，窄细尖立的鼻子高高挺起，两方鼻孔微微上抬，右侧鼻翅旁的小瘊子露出点似有似无的傲娇气，整个人虽略显壮硕，却因那一点白净，也算是多了三分柔情。沈葶是很漂亮的女孩子，相貌端丽精致，黑炯炯的大眼睛里闪着黑白分明的光泽，忽闪忽闪，有天真的喜悦，睫毛卷翘上扬，飞出一些意思，除开一张鹅蛋脸略显黑黄外，绝对算得上是一个美人胚子。不过老天似乎总是公平的，她虽长得美，心思却是率真的，因开朗活泼，看着有点疯疯傻傻。

沈葶和胡婷一个出生在六月，一个出生在十二月。六月的沈葶像夏日里的百香果，十二月的胡婷是冬月里的青芒，不相上下，各有千秋。她们两人的相遇，在十六岁的开学季。人与人的相遇和离别，似乎总有定数，就像秋日里菊花的香气，看不见它们在空气中的具体形状，不知从何方而来，又不知去向何处。

两人的家只隔了一条窄窄的街，如此一来，上学下学的时候，便成就了一对形影不离的闺密。沈葶对胡婷说："我以后想去南方，拍各式各样的风景，描写各式各样的人。"胡婷也对沈葶说："我以后想当画家，画出天价的画。轻松赚大钱。"沈葶因天生有些淘气，带着原本安静的胡婷也多了点调皮。她们有时会隔着马路说笑话，用弹弓射对方窗子，互扔纸飞机，用镜子反射太阳光晃对方的脸……

胡婷是美术生，喜欢在校服上画彩绘，她曾为沈葶画了件油彩T恤做生日礼物，图案人物是《仙剑奇侠传》中的林月如。与胡婷的细腻比起来，沈葶则略显粗疏，每逢胡婷生日，她只会去礼品店里买东西，烛台、画框、八音盒等，送给胡婷。同学们喜欢跟风，只要沈葶带头买时髦东西，其他的同学也就跟着买，有一次胡婷的课桌被堆满了礼物，把她宠成了繁星中的白太阳。胡婷对此也很是受用，她的那一派自满，总有股子矜持的倨傲。

沈葶高二时被校方挑去做体操队队员，还多次在省里拿了奖，成为校园里的焦点。除去名字里的谐音，沈葶和胡婷还有一个共通之处 ，便是文艺。她们各自买了不同的中外小说，讨论新一期的文摘亮点，吐槽刚刚上线的电影，说哪个演员的演技好，容貌漂亮。

体操队的训练时间在每天的自修课，沈葶依照校方规定，日日去团队里习舞，缺位的自修课，她只得回家自行补救。胡婷看不惯她整日里缺课，便在一天的自修课跑到体育馆找她。体育馆里的学生有不同分工，篮球排球花式体操……

胡婷来到体操队的那面场地，把正在练习“科萨克跳”的沈葶叫出来，拉到没人的地方问：“沈葶，你天天做这些是为了什么，有什么意义？”沈葶热乎乎的身子还在做换气：“有什么意义？学校要在省里拿名次啊？”胡婷又盯住她问：“拿名次？拿了名次和你有什么关系？对你有什么用？你天天这么缺课，落下的课去哪里补？”沈葶无奈间笑道：“嗨，那是自修课，再说了，也没老师去上课的啊？”胡婷反问：“没老师上课？老师常会占用自修课的时间来讲课，这你以前也是知道的吧？再说了，学校为什么选你来练这些？别人怎么不选？什么用意？你想过吗？”沈葶被问住了，只说了句：“这个倒是没有……”胡婷顿了顿，抱住的双臂又紧了些：“还不是看你条件好？比赛时能给学校加分！到时候你拿了名次都是学校的荣誉，你这么拼命地练，以后是要进国家队？还是要上奥运会啊？天天不上课弄这些，我看你真地是抓不住重点！”

沈葶觉得她有些小题大做，方问：“没有那么复杂吧？学校说拿了名次，考学也可以加分啊？”胡婷更是不满了：“呵，我说你可真好糊弄，你家里人也不想想，加的那几分，你多做几道题也都出来了！你只不过就是学校的工具，自己还看不清！”沈葶忙作出解释：“不是你想的那样，苏老师和我爸妈也都同意了啊，而且他们上几届的人，也有走特长生考学的啊！这个不是和你学美术是一回事吗？”胡婷思了半晌，又问：“那这个我不知道，呃，我是美术生，但我也没天天逃课啊？那你说的你上几届的，他们都有好着落了？都被录取了？”“我这不是逃课！我这和你画画是一个道理。”胡婷又看了看不远处玩闹的排球女生，回过脸说：“反正，你自己看着办，天天逃课，全班就只有你一个！”说罢她飞快地一转身，蹬蹬回去了。

这一番争吵，使得二人几天没说话。沈葶依旧是每日刻苦练习，以求在下月的比赛中取得好名次，胡婷虽觉得自己的这一番追问略显莽撞，却又不好让步，便把自修课时的课程内容做了录音，悄悄放进了沈葶的书包里，待她发现后，两人很快又和好如初了。

学期末的比赛在省会举行，临行前，胡婷拿了一包彩妆工具放在沈葶桌子上，坐下来给她定妆：“来来来，我教教你啊，你明天上场的时候，有个好妆估计能拿头奖！”沈葶乖乖地被她摆布，眉妆眼影鼻影腮红……不到半时，一张脸便成了着色的洋娃娃，她看了看镜中的自己笑了：“哈哈，弄成这样就能拿奖啊？”胡婷一面用粉底遮去她的黑眼圈，一面说：“嗨，这你就不懂了吧，大部分人都是外貌协会的，那些个评委啊，看你动作规范是一方面，你要是好看又有表现力，那是无形中的加分项啊！”沈葶睁圆了眼，跺起来双脚问：“哈，这样啊？那我不洗脸了，明天带着妆直接去！”胡婷在完成这件作品的修饰后，脸上露出几分得意，又挑出几样必备的工具塞给了沈葶，后又叮嘱说：“照我看，我这临时教你化你也学不会，你今天呢就别洗脸了，妆花的时候就用湿巾擦一擦，到时候上场前，你自己按照我的底妆补一补就行了，我也不能在你跟前盯着你，你可不敢化花了啊！你那阿呆下手没轻没重的！”沈葶照做了，她听了胡婷的指示，当真一晚上没洗脸。

沈葶在女子单人操的决赛中拿到了亚军的成绩，虽不是头彩，也称得上凯旋。校门口拉开了贺赞的横幅，校方给参赛的几个主力发了奖金，算是做了嘉奖。沈葶的爆发力该是刚刚开启，作为一个初级写手，她的周末随记，全被当成范文在校刊传阅。胡婷看她饶有兴致，便拉她到校园西门的肋木边上商量，一旁的槐树叉子应了风扫过人的后背，发出呲呲的声音，一杠直硬的肋木条子斜映在胡婷半边脸上，遮暗了精巧的鼻子：“哎，我看你这么会写，干吗非局限在校刊上呢？你去投投那些大点的杂志社试试，说不定，人家就看上眼了呢！”

沈葶觉得她有些不切实际，方问："啊？就我这点水平，也就能在学校里嘚瑟嘚瑟，那些杂志社可都是专业的人在投吧？人家能看得上我吗？！"胡婷欠脚坐在了肋木条上，泻了一口气说："嗨，你不试试怎么知道？就算人家没看上，你也不少一斤肉啊！"沈葶转过脸盯着她，胡婷被太阳打眯的眼里透出浅褐色的瞳仁："你看那杂志上都有投稿信箱的嘛，你都挨个记下来，发个邮件而已，又不费事，你试试呗！"沈葶照做了，不想竟在两月后收到了约稿函，她的这条路径该是胡婷为她点明的。胡婷之于沈葶，就像是邻家长姐，用早慧的提点助她一步步开了窍。

为了对胡婷做答谢，沈葶用第一笔稿费买了一套全家桶套餐。自修课的间隙，校园里流动开红白蓝的三色校服，那颜色纯正鲜亮，分布均匀，合理的区分开高中低年级的比例，混乱了棋盘矩阵。两人挨坐在国旗下的台阶上，边吃边说笑，胡婷说："哎，你这下可好了，再继续下去，你就是我们班的小富婆了！"沈葶说："你还别说，你画画那么好，以后给我做插图得了！哈哈。"旗杆上的铁索在晚风里碰出哧哧声响，震得人耳痒，偶而飘过来一股子栀子花的甜香，混在温热薯条的咸鲜里，记录下碧玉之年特有的纯净。

因同是具才艺的女生，沈葶和胡婷被苏老师任命为板报组的操盘手，沈葶写字，胡婷画画，一周更新一期。到底是有专业打底的，胡婷的板画多以油彩添色，秀逸的文字配上华彩的颜色，使得苏老师班里的黑板报，成为学校里最独特的标识。故而这对闺密的兴致也是越发浓厚了，比起上课，出板报似乎更让她们有成就感。学校德育处的主任姓伏，退伍军人转业，高大魁梧，彪悍威严，外套一身旧军服和警用手电做饰，每每双手向后一背，就是个合格的巡视员。这天中午，日头正烈，他刚从食堂出来，便听见女生的嬉笑声，循声过去，从后门看到两个女生正在墙上涂鸦，大眼睛的那个正站在凳子上大声说笑："哎，我看他自己都没发现，讲课讲得太投入了，讲着讲着裤子竟然都能掉下来！真是要笑死我了！哈哈哈哈！"

伏主任快步从前门进来，大喝道："吵吵什么，大中午的，谁让你们进来的，还没到上课点呢，在这打闹，不知道学校不让私自进校么？出了事情谁负责！"沈葶扭头一看是那"假警察"，便不由觉得好笑，回问道："哎呀，我说您也太紧张了，这不是还没出事呢么，着急啥？"伏主任霎时间双眼圆睁，觉得被小孩子冒犯了，进而更加严厉地骂道："这是学校，别在这跟我嬉皮笑脸的，和你说正事呢，谁让你们进来打闹的！"沈葶看他急了，跳下来回怼："我们打闹什么了，您哪里看到我们打闹了，我们这是在干活啊！""小丫头，别顶撞我，校门看得那么严，你们一定是偷偷钻进来的！你再嘴硬我给你处分！""给就给，我还怕你不成！"沈葶瞪大了眼瞪他，气氛瞬时僵了。

"呜……呜……呜……人家没有偷偷钻进来，人家没有。"不想刚刚在一旁静声观战的胡婷一下子大哭起来，眼泪流满了整张脸："呜呜呜，人家没有，您不能这么欺负人家……"伏主任转头呆愣住，一下子慌了，连连道歉说："哎哎哎，这孩子你可不能乱说，女孩子家家的，我这怎么就是欺负你了，传出去我可说不清，你们继续画吧，动静小点！"待伏主任刚走出门，胡婷便很快恢复了平静继续作画，一旁的沈葶讶异她的转变，问道："你好厉害啊，几句话就把他吓跑了！"胡婷斜了她一眼，得意地回了一句："对付男人啊，可不能硬碰硬，眼泪是女生最好的武器，就得学会示弱！"沈葶迟疑间反复琢磨这句话，不禁觉得怅然，她和她的差距，该远不止这些。

苏老师的代数补习班照常例是每周一期，算是给几个成绩好的学生开了小灶。这天课间空闲，她在学生面前和胡婷唠起了家常："看看人家胡婷的皮肤多好，白白净净的，到底是小孩子，以前就听说你妈妈长得可好了，今天是你妈送你过来的吧，总算是见着了，那长眼睛双眼皮的，你怎么就长得没你妈那么好看？"沈葶一听这话有些蒙，深怪苏老师说话怎么这么直白，又转过头瞧了胡婷一眼，胡婷明显很尴尬，丰厚的唇沿儿张开又合上，像是有话要说不说的，右边鼻翅边儿灰黑色的小瘊子，现出几点绒毛，随着她面部的抽动微微跳了跳，然后终于说出了一句："我觉得学生还是要以学业为重，女生不能只做花瓶，这些外表的虚头巴脑的东西，都不重要。"场面瞬时变得冷滞，没人答话。

沈葶看出她很不悦，便把话题岔开引到了考试上，几个人讨论了一会，方又开始了余下的课程。下课后沈葶邀胡婷去家里玩，沈葶的家住在五层，乘电梯上去不过三五秒，胡婷说：“你这每天回家可真省劲，我家也住五楼，可没这待遇，还得天天爬楼！”沈葶说：“那不正好锻炼身体了，多合适！”胡婷随沈葶进了房间，屋子里略显昏暗，却依稀能窥见一种娴雅气息，房间里有意式皮革沙发，实木边框油画，老式留声机，铁艺金属床，西班牙样式的软装幕帘，一派巴洛克风格装饰，是小城里难寻的款式。也难怪，沈葶的母亲是美丽能干的金融骨干，父亲在政府里做事，算得上中产偏上的家庭。

胡婷如厕洗手时，在卫生间的梳妆架子上看到满是名贵化妆品，迪奥真我流金香水，资生堂唤活精粹，兰蔻菁纯眼霜……各样的金属玻璃瓶子射出明利的冷光，灼得人眼热。她寻思着：“嚯，这家里陈设可真是讲究，弄得和宫殿一样，阿姨到底是在银行工作的人，见过世面，用的东西都是进口高级货，还全都摆在明面上了。”

高中三年，是沈葶和胡婷引为知己的三年，无数的少女心事互相交换，成为各方成长道路上的倾听者。胡婷因有痛经的毛病，月事里常常盗汗，课堂上都是疼到发抖，每次都只能是告假回家。沈葶看她满脸绝望，便和苏老师提出一个正当理由，送胡婷回家。工作日里的街面不见喧杂，两个同行的少女行装一致，嬉笑不止，好似逃学的女瘪三。

沈葶随她爬到五楼，胡婷拧开门闩，迟疑了一下，回头说："你赶紧回去吧，上课别耽误了。"沈葶是直线思维，一向听不出话外之音，又不愿听那古怪教员的絮叨，看了眼手表离下课还有一段时间，便说道："我等会再回去吧，现在回去有点不合适。"胡婷也不便再说什么，只能邀她进了门。沈葶刚进门，便看到胡婷父亲在屋里看电视，胡婷的母亲从里屋走出来，一身素衣不着片点红装，却更现出眉宇间的清秀韵致，柔美端丽，双眼中熠熠发光，她轻声寒暄道："呀，孩子，是你送婷婷回来的，真是麻烦你了，你快坐会儿，一会儿还得回去上课吧。胡婷这孩子，这点小毛病一直好不了，随我。""嗨，不麻烦的，阿姨，我也是出来溜达溜达，等下就回去，要不然，一会儿班主任该批评我啦！"沈葶同胡婷进了房间，花草素描明星海报，书橱挂表洋娃娃，比起屋外的清冷简约，这一道门后面，却是精致温馨的，少女标配一样不少。沈葶盯着书架上的一排书籍，兰波、加缪、昆德拉、卡尔维诺，安兰德……几乎都是她最推崇的大师，兴奋间顺手拿下来，发现书页却全是崭新的……漂亮阿姨给沈葶递来冰镇果汁，又端来冲泡好的黑糖姜片给胡婷喝。

待长辈出了门，沈葶疑惑间问道："哎？叔叔阿姨怎么没去上班啊？""哦，他们，今天调休，不上班。"胡婷支吾间应了两句，侧身躺着，闭着眼忍着阵阵疼痛。过了一会儿，下课时间快到了，沈葶便独自出门回了学校。

这一次的护驾让沈葶尝到了甜头，以至于在此之后的好多次出校，都成了她外出放风的借口。沈葶是不服管的女孩，行为叛逆，思维跳跃。虽说不是乖顺的学生，却因写了一手好文章，常有作品见报，被老师视作偏科的怪才，故老师也不多问，如此一来，更加剧了她的做派。苏老师有几次发现，课间里总有高年级的男生来找沈葶，便拉她到办公室问话，苏老师把眼睛一抬，直勾勾盯着她："那些小混混天天找你，你是在跟他们联系？""没有，我没有联系的。"苏老师见她斜梳过去的刘海儿上有几根碎发落下来，便顺手帮她抹平，站起来探身问道："没有联系他们会来找你？沈葶，你本就长得漂亮，又天天打扮得花枝招展的，是想要干吗啊？学生要以学习为主，尤其是女孩子，外面诱惑那么多，更容易被带歪！不能整天想着打扮，以后考不上好大学，光靠漂亮能吃饭吗？"沈葶听了这话，不甚开心，便扭头走出了办公室，以沉默宣示顽抗。

哪知第二天早晨，她竟顶着一头板寸进了校门，头顶直发根根豪立，像极了地下摇滚队中的女主唱。这下引发了全体同学的诧异和围观，认为沈葶定是受了什么刺激，才把自己弄成这副模样。沈葶对此也不做回应，只是继续安心上课。胡婷看罢也觉得好笑，便与同桌井立维说："诶？这姐们是咋了？好端端把自己搞成这副模样，何苦啊？莫名其妙呢。"井立维顿了顿回了一句："我实事求是啊，你别往心里去。沈葶就算剃个光头，也比你好看。"

上课铃响起来，是周三头节的语文课，教员名叫江雪，齐耳短发，洗练而豪气，她生了一张冷艳而硬朗的脸，讲课从不照本宣科，常常是情绪高涨，语带烟霞。沈葶的文采很是得她欣赏，江老师突然看到沈葶的发型，不由得呆愣住，她盯着沈葶，眉头锁了三五秒，流露出不知何故的疑惑。

今天要讲的文章是郁达夫的《故都的秋》，兴头之时，江雪唤了井立维做应答，问他怎么定义文中所说的那个“秋士”。井立维虽平日里刻薄，正经时候却显得拙笨，他立正回道：“呃，秋士，就是秋天的士。”他这一下精准的望文生义，足惹了几人偷偷暗笑，沈葶因故也扭头看他，却不料瞟见胡婷正直直盯住自己看，瞧见被发现了，便翻了几下白眼儿瞧向别处，不知是什么意思。沈葶寻思着也许是自己的新发型太过怪异，让她失望，便觉得刺激好玩。她瞧见她那张光洁的脸上，似乎约略有些迟暮的惆怅。

高二暑假前，苏老师在做了一番备战高考的讲话后，分发下学生成分表，要求依次填写出生年月、籍贯、家庭住址、父母职位等信息，以便上报到教组委。班委靳卿是苏老师的一号助理，也是沈葶、胡婷的死党，她收集同学们的资料信息时，因看到胡婷的父母一栏信息是空的，便走过去盘问：“哎，这个漏写了，得填上。”胡婷仍没填写，只低声回了句：“哦，我家里人都下岗了，不好填，就别填了吧。”靳卿看她有点难为情，便没再说什么，拿着一沓子资料去了办公室。

虽说是要备战高考了，青春的萌动却从未被压制过。不久前，沈葶在体操队里谈了一个男朋友，那男孩清爽秀丽，高鼻梁单层眼，像韩剧中的男主。她和他的短信往来略显文气，都是一腔文艺化后的措辞，因觉得珍贵，全被沈葶摘抄在了日记本里。有次两人聊天时，沈葶说起她在记日记，便顺手拿了本子给胡婷看，胡婷看过几页后，发现大段大段的对白不知从何而来，便放下本子，挑起右侧的眉峰轻声问道："呦，你这是写的谁和谁的对话？像是猜谜一样，看着怪肉麻的。""哦，我是觉得有意义，想着要是以后手机丢了，还能做个纪念，你说这算不算是短信好友的恋爱记录？哈哈！"沈葶相对成熟得晚，对于胡婷的敏感，一向是抓不准脉搏，她总是大大咧咧，好像一切都是一加一等于二地简单易行。

"呵，你可真是有心呐，你本身知道我在意什么，这是故意拿给我看?""啊，没什么故意不故意的啊，我只是觉得新鲜有意思，以后多少年过去了，再回忆起来能有个念想。"胡婷微笑间看向沈葶，定定地盯了几秒，没做言语，心里想："哼，这明摆着就是炫耀，还装作不经意地让我翻开，绕着弯儿地设计，真算是走心了呢！"她合上本子，轻放回桌子，拢了双腿后顿了顿又说："哎，你觉得男人到底喜欢什么样的女人？"

沈葶一向利落，在男女之事上也少有研究，便脱口而出道："呵呵，那还用说，不就是好看的吗？""那，你要是男人，你喜欢什么样的女人？""啊？这个我还真没研究过，我要是男人，我喜欢李清照那样的！""为什么？""有真本事啊！聪明，好看，有才！"胡婷垂眼微笑，嘴角斜斜上扬，又将左手搭在沈葶左肩上，轻拍了两下笑道："你呀，还是没长大呢，这种太聪明的女人啊，让男人觉得不好掌控和驾驭，遥不可及，咱们这个社会里啊，男人并不喜欢有本事有才的女人。所以说呢，女子无才便是德，男人需要被仰视，他们喜欢‘傻白甜’，你说的那种被男人仰视的女人啊，大多不讨喜，男人的爱须是俯视，大多还是喜欢小鸟依人，柔柔弱弱的！”“啊？那这个我就不知道了，反正我喜欢！”沈葶咯咯笑着，她的耿直里，依旧还是少女无忧的纯真。

小城开发得晚，刚刚引进了一家Costa门店。胡婷一向追求格调，定是少不了要去“打卡”的，沈葶随她一起，成为当天下午的第一批客人。两杯摩卡被研磨成皑皑霜雪，像精工的雕刻。沈葶不禁感叹道：“哎，这咖啡做得可真漂亮，我都不忍心喝了！”胡婷没做回应，转头拿过书架上一本伍尔芙文集，同桌面上的咖啡一起摆出一个精美造型，才拍了两张照片，手机瞬时响起来，显示的是一组陌生号码，她随即丢过手机说：“这人，天天打电话，真是烦得要死，我都和他说了不合适不合适的。”沈葶说：“那你把他拉黑不就完了？”胡婷看那来电依旧是不停地响，无奈中又说：“这个号拉黑了，新的号还能再打过来啊，真是烦死了，要不这样，你把嗓子压低一点，就说是我男朋友，帮我挡他一下，以后别打电话了。”

沈葶看好姐妹如此烦闷，不假思索地便接过电话，压低了嗓音说道：“喂喂喂，我是胡婷男朋友，你别总打电话了，打多了就成了骚扰了，以后别打了！”那边传来疑惑的男声：“你是她男朋友？她可是和我说她没男朋友的啊！”沈葶听了有些慌乱，无意中又回转了女声："呃……跟你说了有就是有，以后别总打电话了，再见！"沈葶用中指尖摁了红色的通话键，心里觉得窃喜，该是立了一件大功，并且几下就吃完了摩卡上的白雪山。胡婷看她那拙笨的样子觉得可笑，虽不好表现出来，心里却有了种反击的快感，她的字典里，从不允许出现配角一词。

高三一年，沈葶和胡婷还是成双入对，一起买冰激凌，一起上补习班，一起漫无目的地谈天说地。18岁的暑假，是教科书的空白页，满溢着沉眠之后的迸发。胡婷应上海姨妈的邀请，趁着假期南下探亲。因假日里空闲，百无聊赖，班上的几个男生便邀了沈葶、栗颜、靳卿和井立维几人外出游玩，他们来到京郊的迪士尼，彻底放飞了以往的寒窗岁月。激流勇进的水花还没擦净，滞留在被毒晒后的皮肤上，黑红一片，橙黄赤蓝的照片发出来，记录下刚逾成年的璀璨。

八月中旬，胡婷穿着新一季的S·DEER女装从上海回来，满身的深浅灰色过渡，衬托出她似是件轻熟的艺术品，一旁的沈葶和靳卿还是中学生模样。她顺手拿出两件兰蔻香水小样，给对面的沈葶和靳卿发下去，沈葶好奇间问："哇，你这是摇身一变啊，给我们带的什么好玩意？哎，这个闻起来有股香味！"靳卿拿过来也闻了闻，又打开自己的那一支："我这个是橘子味的，是水果香！"胡婷看她们的高兴劲，说："我姨妈在上海做微商呢，想着有些小样给你们拿来用，夏天涂在手腕上，能留香好久！哎，我说你们两个，怎么一段时间没见，都变黑了？”沈葶叫道：“可不是嘛！在迪士尼晒了一整天，玩了好几个水上项目，我都没抹防晒霜，本来就黑，这一下更黑了！”靳卿瞧着她，也跟着直笑。不想胡婷一下子不悦起来：“我看见你们发的照片了，就趁着我不在，你们好几个人一起去，就不能等着我回来一块去吗？到底拿没拿我当朋友。”气氛瞬时有点僵，沈葶很快做出解释：“不是，那几个男生当时在那，临时叫我过去的，没有故意避开你啊。”靳卿也说：“他们正好就在那，你又在上海那么远，所以才没告诉你。”胡婷仍是不快，文过的半线眉边带出一丝鄙夷，看向沈葶说：“你真是太受欢迎了，还临时叫你过去？”沈葶无语道：“真的是临时叫我去的，我就是跟着大部队活动而已。”

临近九月，沈葶因胡婷被冷落心里一直有气，就邀她一起去天坛公园玩。傍晚的天坛浸润在浓醉的薄暮里，连带满排的琉璃瓦片也跟着暗了色，百年的古树繁茂，遮过回音壁面的红墙，红墙的一面传来小孩子们的嬉笑声，却又寻不见影儿，唯剩一片荫绿的蓊郁。沈葶跑去远些的一面墙大喊：“胡婷，我在这，你看得见我吗？”胡婷看她顽劣，觉得好笑，也走远了些：“我看不见你，你也看不见我！”沈葶止不住地笑，斜晖里的两只影子又靠近了些，走去不远处的双环亭。

相传那面亭子是寿亭，是乾隆皇帝为其母亲祝寿所建。比起祈年殿的庄严，这里的建筑则显出种奇特的俏皮。重檐的两面圆亭合并一处，内里绘进些灰白山水和苏式彩画，十几只红木柱子错落不齐，支抬起双向乔装的亭顶，远看上去，像是芳官藕官在做戏。沈葶觉得新奇，忙上前打量，因看到那柱子上有人做刻记，便起了兴致，摘下一旁的槐树叶子搓成汁液，竖列写下："沈葶胡婷，到此一游。"胡婷见此有些慌，皱眉间止住了她："沈葶，你快别闹了，多大了？还跟个小孩儿一样，这么淘气合适么？一会再让人家抓住了！"沈葶回头说："我这是用树叶写的，又没破坏公物，你看这亭子叫双环亭，啊，正好给咱俩建的，不留下个纪念，多遗憾啊！哈哈哈！"胡婷瞪了她一眼，看了眼四周，掏出湿巾将那印子擦去了。暗沉沉的暮霭吞去了余下的光晕，天黑下去了。

录取通知书依次发下来，沈葶如愿被北京传院录取，胡婷也拿到了广州美院的通知书，准备去学服装设计，靳卿则延续了学霸本色，去央美读建筑系。胡婷在上海时认识了姨妈朋友的儿子陈欣，长她几岁，是法大在读的本科生，主修经济法。在沪时两人便生了好感，一来二去，很快便确立了情感关系。因胡婷的聪慧，两人虽是异地，却丝毫没有影响进展。

大学里迎新的热闹还没散尽，课业的繁重便提上日程。一天周末，胡婷从广州打来电话给沈葶，沈葶因前夜和同学们做课题刚刚起来，迷迷糊糊中没有听清是谁的声音，只听到那边说："呦，我用我手机给你打你不接，换了座机打你才接，这是在约会不方便吧？"沈葶知她一向心思细腻，方说道："没有啊，我刚才在睡觉，这会儿才醒来，没听见啊，哪里有约会，我们学院里几乎都是女生，四十个人的班里，只有三四个男生，去哪约会啊！”胡婷诧异间又问：“你这么个‘白富美’，难不成还没人追的？我不信。之前舞队那个没联系了？”沈葶笑起来：“都毕业了肯定是没联系啦，我们这啊，‘狼多肉少’，女生太多了，还不够排队的！哈哈哈。”胡婷顿了顿又说：“唉，你说大一这一年可真快啊，好像什么都没干就没了，这两个学期陆续有六七个男生和我表白了，我正纠结呢。”沈葶讶异道：“可以呀你，不过他们还不是下手晚了，要是让陈欣知道了，估计啊得急死，你可不敢告诉他啊！”

这话恰好戳中了胡婷的怨气：“天哪，我跟他几个月都见不着面的，我在广州他在北京，这和养个电子宠物也没什么区别。你说我是爱上手机还是爱上他啊！哎，说起来我这里有个同学叫周坤岩，广州人，对人特别好，特别懂得照顾女生，我看我把他介绍给你怎么样？”沈葶打趣说：“啊，你的同学，我看该是对你特别好才对吧？”胡婷节奏慢了下来，缓缓回道：“嗯，他是对我特别好，不过我现在还没考虑清楚，只能算是男闺密吧，但是我觉得你俩要是谈恋爱应该挺合适，要不然你先聊着看看？”沈葶没做考虑便答应了：“那好啊，认识个朋友也好，那就先聊聊呗。”“那行，有机会带你见见吧。”胡婷挂了电话，心里思量着：“呵，长那么漂亮，读那么多书，考那么好的学校又有什么用，还不是一样不受人待见，真是让人操心。”胡婷心里清楚，这两人成或不成，都算得上是她的一个谈资。

胡婷对于男生的示好，心里一直是相当自得的，越是心里万分欢喜，越是表现得毫不在意。因深谙男人心理，又懂得迎合男人喜好，她的桃花运，一直是正分值。暑假前，各科考试刚刚结束，周坤岩邀了胡婷在校园周边散步，广州的七月正值大暑，路两边的榕树长得正旺，频密间粘连到一起，排成长段的青叶裙山。发丝一样的根蔓盘交错结，粗粗细细，狠狠抓入地缝里，磅礴豪烈的欲望，刺得人心紧。叶子里传出喜鹊的欢愉，叽叽喳喳叫个不停，却不见影儿，像在捉迷藏。

胡婷着了一身棉麻白筒裙，细碎的花边绕了一周，稍稍藏住肉墩墩的小腿肚子，帆布鞋子纤尘不染，一派清新雅致。她拿着手机不停地拍照，配过各色滤镜做饰，各方向的天空白云电线杆，添满了精致的朋友圈。周坤岩虽是平平无奇的男生，但在胡婷的眼里，却是万里挑一的难得。她支起脖颈，撩起眼仰头看向旁侧的周坤岩：“你知道吗？我在北方呆久了，突然来到南方，很多地方才开始适应，看惯了北方的男生，你还真的是很特别的呢！”周坤岩听了觉得好奇，便问：“怎么，我没发现我特别啊？从小就是个普通人，父母不夸，老师不疼的！”胡婷碎步快走了两步，回过头乜眼看过来：“真不是！你真的比他们强太多了！”

她停了脚，待周坤岩慢慢跟上来，两人再次并作一排，她挽过他一边的手臂又说：“北方的男人吧，有点霸道，太粗糙，你呢，看上去样子像北方的，但是又兼具了南方人的细腻，而且专业又好学问又好，是天生的艺术家！以后啊，可不得了呢！”周坤岩听了满是舒心，笑回道：“你还别说，你感觉也不像北方女孩，倒像是南方的，喜欢养花养草养小猫，连微信头像名字都是小白猫，真是像猫一样的女人，乖巧柔顺，最是优雅迷人！”周坤岩怕她着了暑热，便带她去了凉茶店，两碗儿龟苓膏刚刚上齐，胡婷便向前台慢悠悠搭过一眼，微微抬起下巴，轻声叫道：“服务员，给我一杯白水。”周坤岩有些尴尬，不晓得没讨到女神欢心，便说：“怎么，龟苓膏不喜欢么？这可是广州最好的，清热解暑。”胡婷身子前倾，一支手背抵到下巴上说：“这个性凉，对身子不好。”周坤岩深怨自己思虑不周，又起身跑去前台，点了一碗红豆冰粉端回来，坐下来说：“这个不凉，说是冰粉，其实只是凉粉，常温的，都是红豆和红糖，补身子很好的。这可是上等货，和你一样，肥而不腻，提神醒脑！哈哈。”

胡婷因生得丰壮，平日里最恨别人说她这一点，不禁拉下了脸，回道：“你会不会聊天，怎么说话呢？”周坤岩浅笑间连连道歉：“没有、没有，你要知道，女人只有圆润才有美感，要不然那还叫女人吗？”胡婷又被逗笑了，缓了口气问：“唉，上次寒假你去了海南，还专门打电话给我，让我听大海的声音，当时还觉得你矫情。你这次假期怎么过啊，要出去玩吗？”“这还没想好，不过我倒是有点担心你，你一个人从广州回北方，这么远的路程，几千公里呢，行不行啊，要不要我送你回去？”

对于周坤岩的温存体贴胡婷一向很受用，不过碍于北京的正牌男友陈欣，又不好直面答应，可心里却又一万个不想失去这个暖男，便回道："嗯，你送我回去倒是可以，顺带让你看看我的家乡，你也能去放松放松。哎，对了，上次我跟你说的我那个闺密，正好她也回去了，我们还可以一起玩几天。"周坤岩对胡婷千里之外的闺密本没有概念，只想着能尽快得到认可，却不知胡婷实际早就心有所属，她心心念念的是以后能大有作为的大律师，而并非小富即安、过于文弱的周坤岩。

北上的专列要挨过近48小时，空调调到最低点，车厢内被洗得一尘不染。广播里飘出悠然的曲调，乘务员的声音像是着了层虚假的屏障，流出造作的软糯。胡婷偎在窗口，前额抵住窗沿边上，怔怔地发呆。一旁的周坤岩贴身坐过来问："累了，靠我身上休息会。""别弄，去，一边去！"胡婷轻推了他一把，又收回了刚才的视线，周坤岩只得起身从对面床铺拿来一件灰色风衣，给她披上，继续坐在对向不作声。

窗外的景色飞速间飘移而去，赤白的楼面，混沌的江河，灰黄的稻田，青山花红幼蓝的水……她依旧斜靠着，冰凉的窗面上映出一张肃杀的脸，透出凌厉，双层玻璃在颠簸中摇摇颤颤，白冷的颜面被抖出一线狰狞。

远在北京的陈欣因要留校写论文，无暇陪伴胡婷的假期。因而在这几天里，周坤岩便时刻陪在胡婷身边，陪她压马路，看激光秀，爬明长城遗址，看京北的打树花，树花一波波从墙面上轰泻而出，飞飞飒飒，迷乱了人的心智，一片彪悍的壮观。胡婷问："哎，过两天和我朋友吃饭，你想吃什么。”“嗨，我对吃的不挑剔，只要清淡点就行，我一个广东人，可吃不了味重的。前两天你带我去吃的那个什么涮肥羊，说实在的，我是真受不了那股味儿。闻着都要喘不上气儿来。”“哎呀，我们这的羊肉可是全国最好的，你这根本不领人家的情，可真是不知好坏的呢！”胡婷娇嗔着，她的那股子显而易见的娇弱，总有种错了位的不谐。

第二天中午，沈葶依了胡婷的提议，预订了市中心的清真餐馆，吃羊蝎子火锅。那算是小城里地标式的美食，很多外地人慕名而来，沈葶满心欢喜地去给她的闺密接风洗尘。她依了胡婷的喜好，点了些配菜、燕北凉菜、麻辣锅底以及百威啤酒。菜品刚刚上齐，远远瞧见一双男女走过来，那女子像是胡婷却又不像，不过很快就听到熟悉的声音飘过来：“这家店很有名的，别看装修土，很多人都是回头客呢。”一旁的男生一脸懵懂，只是从后边跟过来。

沈葶很惊讶，胡婷的容貌变化真大。她又细细观看，今天的胡婷分外精致，一身淡粉色欧时力连身裙，肉粉花边层层叠叠，锁住她白胖的身子，让人想起苏北的粉蒸肉。衣裙外搭了层乳白色披肩，松松挎在双肩上，她看起来就像一朵清丽的茉莉。她左手外翻，拎着一只古驰限量版双G金扣挎包，徐徐走过来。原先恼人的小瘊子不见了，一双欧式大眼微微内扣，双眼皮上着了淡淡的暗粉胭脂，睫毛泛出褐黄色，在阳光下熠熠生辉。那尖立的鼻子较之前更加挺翘了，衬得整个人像个优雅的贵妇。胡婷微微抬了抬眉头，轻轻飘来一句：“哟？你这么早就到了。”

比起胡婷一贯的扭捏作态，沈葶则是暴脾气，一向是憋不住话的，她睁圆了眼叫道：“我的天哪，你这可是大变一个活人啊，几个月不见，竟变这么漂亮了，快坐下让我瞧瞧。”胡婷听了一怔，不禁就露出尴尬之色，无奈中双肩一耸，噘起嘴摊开两手说：“怎么？没什么不同啊，我不是一向这样的？倒是你，又变美了呢，越来越像安吉丽娜·朱莉的感觉了。”

胡婷随即拉了一旁的周坤岩并肩坐下来，翘起一边的右腿搭到左腿上，又将双腿朝一面平行抹过去，拿出一个历经训练后的标准姿势，上下打量过沈葶后说：“我听我妈说你在微博上发的照片瘦了很多，现在看起来也没有吧，那照片是PS的吧？”沈葶这才发觉自己刚刚说话许是有些太不顾忌了，戳中了她的雷区，也定是惹了她不快，便岔开了话又问：“哎，这是你男朋友陈欣吧？从北京回来了？”一旁的周坤岩顿时傻了眼，定了会儿问向胡婷：“怎么？你……你有男朋友？”胡婷忽闪了几下眼，双臂微微合过双肩上的搭件，倾过身子说：“呃，那不是，那只是我的一个关系不错的朋友，没好。”

该是因为紧张，胡婷很快又岔开了话题：“哎，感觉你皮肤状态比上次好很多，该不是戒烟了吧？”沈葶不解中回道：“啊？我本身也不抽烟啊？”胡婷噘了下嘴问：“不是吧，上次听你说，你们学传媒的女生都抽烟呢！我还羡慕呢，我都不会抽。”沈葶笑了笑说：“嗨，那是她们导演系，要熬夜做片子，我们不用啊。”

沈葶发现她有些异样，便急邀了上菜，一锅褐红色的羊蝎子端上来，呼呼冒出白赤烟子，熏花人的脸，也只因那一把香菜叶子做点缀，才算是有了点清新气。沈葶招呼着说：“来来来，咱们动筷子吧，我这也有半年没吃上这个味了。”胡婷定了定心神，浅笑着说：“哦，还是介绍一下，这是我同学周坤岩，我们学院设计系专业最出色的学生，他的很多作品啊都是要拿到香港展会上做展的呢，在学校里的粉丝是一批一批的，以后绝对是大有可为！上次电话里跟你说过，特别好的一个人！”周坤岩深知自己的作品不过是在院系的展厅里做饰，从未出过广州，不过听了胡婷的鼓赞，还是觉得舒心。“哦，我想起来了，这是你的那个男闺密吧？哈哈，你不是还想着给我俩做媒来着？今天可算是见着活人了，来，敬你啊周同学，欢迎你来我们这玩。”沈葶举过双手，托了满杯的百威啤酒以示诚意。那周坤岩明显非常诧异，他心心念念的心上人，竟一直盘算着把他介绍给别人？心里正是一万个气愤，却又碍于情面，只得端起酒杯，一口气闷了。

周坤岩本就受不了羊肉的膻味，几口餐食外加两杯啤酒下肚，一口气没喘上来，吐了。哗啦啦溅了对向的沈葶一身，后又连连道歉说：“哎哎，真对不住，我喝不了酒，酒量很差。真是失态了，失态了啊。”沈葶直起身子，慌乱中理了理衣衬说：“没事没事，正常啊，我这酒量也不行，每次只能喝一两口，不过就是你们来了，图个高兴。我去收拾一下。”随即起身去洗手间清理了。

胡婷望着沈葶远去的背影，发觉她确实是较之前瘦了太多，灰蓝的牛仔裤勾勒出她匀称的曲线，双腿像鹤脚般漫涣，心想定是传媒学院里对形象有所限制，强行瘦了身。转眼又看了看一旁的周坤岩，窘态中多有懊闷，于是递了纸巾和温水给他缓解："哎，我说你呀，喝不了就别喝，非得和她比着喝啊。人家那么强悍的女人，你能比得过吗？""我说，你这闺密可是真厉害，几杯喝下来我就上头了，你说一个这么好看的姑娘，非要定这么个味重的地方，真服了，我真快被这味给呛晕了。"周坤岩一直趴在桌子上喘气，心里一万个不顺心，又听一旁的胡婷说："嘿，她啊，就那样，还就好这口，一身的男人习气，怎么说她也没用，和个男人似的！"

周坤岩吞了口温水，直起身子问道："哎，我说胡婷，我这大老远地送你回来，你却要给我介绍对象？而且我和你这闺密，隔着几千公里的，八竿子都打不着的人，你让我和她处对象？你这葫芦里，到底卖的是什么药啊？"胡婷瞥了他一眼说："嘿，你想多了，你太敏感了，我就是介绍我好朋友给你认识而已。"周坤岩无奈中又问："嗬，好朋友？好朋友定是比我更了解你吧，她刚说的你的那个男朋友叫什么欣的，是怎么回事？"胡婷有些急了，皱起眉头嗔怒道："哎呀，都跟你说了，只是一个关系好的朋友。"周坤岩没再抬眼，只涣散着目光打探："嗬，关系好的朋友？那就是跟我一样的待遇了？"胡婷看他越发刻薄，也就住了口，不便再说。

沈葶从洗手间回来，一蹦一跳地往回走，上半身的白色T恤隐隐裹住丰盈的上围，肚子上多了一团着了色的水渍，像是个稚气滑稽的兔子。她坐下来说：“你俩应该没吃好吧，再吃点，这点东西也不顶饿。”“吃好了，吃好了，真是感谢你的招待。”周坤岩客气地回道。胡婷看他脸色微白，又为他加了杯奶茶，甜咸的黄白液体缓缓填满杯子，呈现出一片格格不入的优雅：“喏，喝多了就喝点奶茶，暖暖胃。”随即又对沈葶说：“我们倒是吃好了，倒是你，没怎么吃饭，光是大说大笑了，再吃点，快别减肥了。”沈葶一下又来了兴致：“嗨！说起来减肥，减肥现在是我们的学科任务，全都在减，你不减啊，会被老师说成不够专业，哈哈，有意思吧！”

小酒下肚的沈葶又露出些少年态，是自成一体的率性。胡婷细细打量她那张精致的脸，浅浅给了一句：“嗬，你还是那样，什么都特别在意面儿上的东西。”沈葶又被胡婷将了一军，半秒接不上话，不过她对她的话语逻辑早已熟悉，也不做过多在意，又说笑了半时，便准备回去。临走时，胡婷侧抬了左边的半张脸，鄙薄中抛出一句抛物线般的语调向前台的店长轻声说：“真是打扰您了哦，这么长时间。”店长一时间不知所措，只得懵懂中应了句：“哎哎哎，欢迎您下次再来。”

胡婷支开了沈葶，说是另有事，便同周坤岩一道走了。周坤岩这一次的狼狈相，在胡婷的预料之中，不过她早已习惯了他的温暾，料定了能拿住他，他既爱她，也不得不受着她。下午一时，街面上的人多是去午休了，不见了喧杂，唯有各色车辆还醒着，一波波呼啸而过，不知要去向哪里。周坤岩的酒醒了些，同一旁的胡婷说：“刚才吃得实在不太舒服，你朋友请了我，我也得回请你一次吧，我们去喝点茶清清肚子。”

胡婷应了他，带他去了商业中心的莫莉咖啡厅，那里是刚刚上新的欧派时尚地标，满间褐棕色布置，间隔有假树和塑料藤蔓围饰，点点吊灯稀稀落落缀在草叶里，漫出虚幻的微光，像丛林里的猫眼。墙面上挂了各色名角脸孔，足像是面具大会，红蓝白黑的彩色表情，嬉笑怒骂不一而足。

两人对坐在秋千上，飘飘荡荡，诺拉·琼斯的慵调慢慢浸过来，泡得人身子发软。周坤岩点了两杯龙井，幽幽香气冲淡了刚才的膻腻，胡婷抿了一口茶，轻问道：“哎，没想到你喜欢喝绿茶，以前还没发现呢。”周坤岩低头笑了笑，抬起头来盯着她说：“呃，也不是我喜欢喝，而是，你适合。”胡婷微皱了眉，疑惑地问：“我适合？”周坤岩看着一片渐次舒展的茶叶瓣，调了手机的微距拍特写：“是啊，你不适合么？你看这茶多新鲜，茶香四溢呢，我看你啊，确实适合，听了你对你闺密的评价，我也觉得你确实适合，我明天准备回广州了，本想着假期里好好陪陪你，现在看来，你应该不缺人陪，就不打扰了。”胡婷盯住他看过几秒说：“你这说的哪里话，怎么？不高兴了？”

周坤岩露出了少见的神色：“嗬，我有什么不高兴的，我现在也无所谓高兴不高兴，只要你高兴就好了。”周坤岩自此回了广州，不再与胡婷往来，胡婷也算弄丢了一个头号备胎。

错了位的情感似乎总得不到一个终属关系，本想着去好心撮合，反被揭了老底。如此一来，胡婷心底对沈葶没有来由的对立，便更加了一层。

假日里，沈葶勤工俭学，做起了培训中介，与师范学院的几位印巴留学生开办了英语外教班，生源从苏老师处招应，不过才一月时间，竟赚了不少钱。临近开学，胡婷将各项装备备齐，新秀丽新版旅行箱，巴利复古双肩包，芬迪休闲套装……很快又约了沈葶一起去剪头发，路上她有意无意地问起来：“哎，我看你最近好像挺忙的，那天在麦当劳，我正和同学坐着聊天呢，看见你和两个外国帅哥在一起，后来你扭头故意看了我一眼，就跟着他们出去了。”沈葶觉得奇怪，扭头问道：“啥？我没看见你啊？我这四百度近视呢，远处根本就看不清。要是看见你了，那还不得过去和你说话啊？”胡婷心里觉得她遮掩，轻笑中又问：“哦，我说的呢，还以为你谈了外国小伙，要嫁去国外了，不方便和我打招呼呢！”沈葶只觉得她的思维奇怪：“天哪，你想什么呢，那是我找的英语培训老师！”胡婷看她这样说，也不好再问，只说了句：“哦，我说呢。”

两人边说边走进发廊，才并排坐下，沈葶的手机便叮叮当当响起来：“喂，你好。”听筒里传来轻柔的客服声音：“您好！我是屈臣氏专属客服，请问您是沈葶小姐吗？”沈葶一听又是广告推销，便没好气地说：“不是，你打错了，再见。”刚挂断了电话，只听到一旁的胡婷揶揄道：“哟，好不容易接到个电话，竟还打错了。”沈葶没做回应，只当她是一贯说笑，便用心筛选发型师的画册推荐，准备尝试一个新的造型。胡婷依续了一贯的清新风，剪了把乖巧的斜刘海儿，零零碎发压在一双漂亮的眼皮子上，衬得她更多了点文艺气息。沈葶丢去一贯的御姐风，在发型师的劝导下，也尝试了刘海儿造型，哪知这一尝试竟成了冒险，足像是小绵羊的头面安在了野马身上，不伦不类不说，还多了些可笑的意思。她看了看镜中奇怪的自己，直接就表现出怨色：“妈呀，这是什么发型啊，我本就脸生得大，这一下可是更圆了，回去可怎么见家里人，得被骂死，这也太丑了！”她这一通抱怨，惹得身后的发型师也是一脸尴尬，惊慌中连声道歉，随即引来周旁的客人频频注视，好像在观摩一出突发的谐剧。胡婷在一旁默不作声，只瞄了她一眼，心里寻思：“不就是发型出了点差错嘛，至于这么激动么，到底还是个颜控。”沈葶恼羞间扔了三十元现金到柜台上，赌气出去了，她那行疾如风的步伐，将胡婷甩在后面，像是个任性的小虎头，直惹人隐隐发笑。

新的学期很快开启，两人都是按日子到了学校。大学后半段的生活有了更多自主性，胡婷凭借她在人情上的熟稔和练达，不仅在学生会里求得了副会长的名号，也很快有了新的蓝颜知己，她一向似众星中的启明星，从未有过空窗期，仕途与爱，都不曾耽误。反观沈葶则有些过于自我，她多数时间活在自己的世界里，前后也短短谈过两次恋爱，都因为被控制得太紧而选择逃离，一心只想考研，实现她的新闻理想。沈葶是以事业为重的女生，她的自我价值，远不在异性的认可里。

23岁，大学毕业，胡婷去了一家大型服装品牌公司应聘，成为瑰姿蔓女装的一线销售，虽说月薪不错，却离她的期许差了太多。她的梦想是成为真正的服装设计师。沈葶在第一次的考研战场中败了头阵，心灰意冷之时，去查了八字，那算命婆子说她是命中缺金，克了她的运势，几番思索后，便找人改了名字，叫沈可鑫。不过这名字好像真能助她，考研失利后不过才三月，她便顺利应聘到东滕卫视做了连线记者。

记者从来都是一个苦差，昼夜的颠倒使得她更加消瘦。沈可鑫的勤奋很快赢得了“拼命三娘”的美誉，成为卫视的长线特派记者，也算是在电视圈里，浅浅混了个脸熟。因外出采访的机会，沈可鑫结识了铧太网的产品经理齐炎硕，他不上18岁便出来打拼，虽说没什么学历，却有种超越年纪的成熟感。

沈可鑫小他三岁，他们相识在第二届的樊乡互联网大会上。四月的江南似如丝竹，微湿的空气里飘过脂粉的淡香气，灰墙蓝瓦中的红灯笼点映着绿野围蔓过的水面，风轻水软。沈可鑫虽说平日里有些痴笨，业务上却一向精准无误，她提前一周便对铧太网的前身和现状做了充分了解，今天代表铧太网做发言的是产品经理齐炎硕。他圆硕的小麦色脸上有一双内扣的单眼皮，浑圆周正的狮鼻子下是敦厚的矮方嘴。整个人看上去阳光结实，温和有力。

齐炎硕今日的发言题目是《要让年轻人真正热爱传统文化》。他一身黑蓝色西装笔挺，领带支起一张浑圆稚涩的脸，一波浑厚无浊的声音经过音响的润色慢慢散出来："传统文化复兴的关键在于，能不能吸引年轻人去关注。如果年轻人不关心传统文化，那么它可能就只存在于博物馆。年轻人喜欢传统文化，传统文化才能真正地流传下去。"美好和独特的价值在于，反差性和稀缺性。沈可鑫看他用满脸的胶原蛋白去讲"年轻人"，心里只觉得好笑。

散会后是一对一专访环节，沈可鑫身着纯黑色立肩西服，黑白条纹阔腿裤，胸前一枚太阳花针饰，算是压住了她平日里的那点神经质，郑重时称得上气场全开，知性间有艳冶。沈可鑫依次从短视频的衍生市场，UP主的成长路径，直播的商业化模式等多角度进行了追问。临了，她仍是改不掉调皮的习惯，直直问了句："哎，你说你作为一个这么年轻的人，在上面大谈特谈年轻人和传统文化，我都觉得好玩，你这是怎么想的？哈哈。"她的直接给了齐炎硕迎面一击，他随即晃了几下眼睛，尬笑着回说道："哈哈，我说你这记者可是真有意思啊，这算是什么问题啊，我也是年轻人，年轻人说说年轻人的事，有什么不好的？！"齐炎硕有些无奈地嗤笑，他肉嘟嘟的蒙人脸上透出天真的憨顽，像夏日里赤白的海面。

沈可鑫还是回了一句："反正啊，年轻人里像你这么老成的，还真不多见。"齐炎硕没再接话，低头看了下她胸前的证件，拿起来端详了几秒说："沈可鑫，东滕卫视记者，呵，我看你也不小了吧，怎么感觉你有点没着没落的，你今年多大年纪了？"沈可鑫又被他那一副年长者的姿态逗笑了："哈哈，我呢，属鸡，出生年份不详。”“哦，那我属羊，具体年份有待详查！”两人说笑着，目送过当日参会的人群渐渐散去，留下一排排黑压压的座椅，漂亮的礼仪小姐间歇间穿梭整理，好似旗袍大赛前的彩排。

随后几天的会议间隙，沈可鑫和齐炎硕一直在一起打发闲散的时间，同行的三四人多是媒体和互联网从业者，在这一队青年人的幽聚里，多是茶酒相应，外加评弹昆剧做戏。昏黄的油灯打雾了矮腻的八仙桌，桌面上的青团子，甜酒酿，筒骨粥和东坡粽子飘来丝滑的香气，熏得人颜面微湿。一位姓孟的编辑坐在齐炎硕和沈可鑫中间，她被黄酒熏红了的眼透出迷醉的神色，浅笑间打趣说：“我们可鑫可是个踏实的好妹妹，这两年每次外出活动啊，我几乎都能碰见她，可鑫你说说，咱俩这算不算得上是同行一家亲，啊？”沈可鑫回敬了孟姐一杯酒：“那肯定是了孟姐，咱俩每次活动都能遇见，肯定是有缘有分！”孟姐咯咯笑着，又说：“呦，我看啊，你这缘分，可别在我身上找，省得浪费了你们这些年轻人的大好时光！”齐炎硕听了孟姐的话略显尴尬，只得转头在一边偷笑。孟姐许是看出了齐炎硕对沈可鑫的好感，便等不及地要连连摊牌，以便推进剧情。

气氛转向了沉静，有点闷，还好有《小孙屠》的昆调飞传过来：“听牧童短笛吹林梢，闻之恍若清平调，难止心焦……”沈可鑫依过声音睃眼望过去，船尾的轿夫脸上缀了赤白的油彩，是个颤颤而动的丑角。扮演妓女的李琼梅虽被赎出了青楼，生活却依旧怨艾，一身翠绿衬了脸面更是明艳，她头面的银饰随情绪忽晃间闪出晶晶亮色，像是粉面桃花的胭脂盘。齐炎硕盯着沈可鑫瞧看，她那分明立体的侧脸，透出点生人勿近的疏离感。她间或里的活泼配在一张秀丽高冷的脸上，算得上静若处子，动若疯兔。

太阳彻底落下去了，天色变成澄澈的暗青蓝。微白的湿雾抓不准具体情状，散开一片空蒙的烟渍。几个人躲在蒙蒙的雨里，听来关东腔的醉客声声叫骂。载着散客的乌篷船穿过清浊的湖道，发出“一百元通票……一百元通票……”的吆喝，声线忽清忽哑，听得出船人疲累。团雾状的湿霾打进窗缝里，腾起尘土的芬馥。幽黄的地灯把整个樊乡染成琥珀色，像个晶剔的原石。拱桥联合它的倒影变成了三个巨大的圆，直吸了人进去，好似一个命定的赌注。都说雄黄酒上头，沈可鑫才喝了两杯，整个人便有些飞飞荡荡，迷了往日心智。

因多次的业务往来，齐炎硕和沈可鑫很快确定了恋爱关系，这一双登对，称得上旗鼓相当。沈可鑫恋爱的消息很快传到了胡婷那。临近春节，亲朋的聚会又开启了新模式，三个玩得好的女同学约好带各自的男朋友来。

小年里的喜气盈满了街巷，新春的吉祥物摆过满眼，宴集来归乡的游子。几人约在了山顶公园的傣家菜馆，俯瞰一片塞外景象。靳卿算是沈可鑫的二号闺密，她和她的男友，同是研究生同学，一起在北京做园林设计。靳卿是名副其实的大学霸，即便走向社会，身上还依旧带着学院派的书生气。她见胡婷是只身前来，便问道："哎，陈欣怎么没来？这都要过年了，还忙工作呐！"沈可鑫也接了话："对啊，靳卿都见过好几次了，我还一次都没见过呢！看你常在朋友圈秀恩爱，感觉是高富帅啊！"沈可鑫朝后捋了把头顶的头发，蓬松的长发呼呼散开，好似花线盛开。

胡婷盯住她头顶的幻影，觉着她卖弄，偶然发现一根直立的白发，该是拔掉才长出来的，只有一寸来长，立出种喜悦的跳脱，便浅浅笑了笑说："哦，他还没放假呢，最近要接手几个案子，忙着呢。"靳卿又问："那你最近忙啥？还做销售呢？"胡婷瞧了眼沈可鑫，又看回靳卿说："没有啊，现在做服装设计了。"沈可鑫和靳卿都各自介绍了自己的男朋友，五人相互说笑着，酸辣的傣家菜刺得人满口生香。

因在山顶高位，开眼便是大片的霓虹夜景，黄澄澄的灯火好似簌簌烛光，满目琳琅。沈可鑫从来是情绪主导意识，一时性起便跑出去拍照，小碎步子迈起来，好像赶集的新媳妇。胡婷抛眼斜斜看过她，飞起嘴角笑说道："呦，沈葶真是一点没变，还是个女汉子样。"齐炎硕看她这一脸不咸不淡的讥刺，觉得有点诧异，问道："可鑫还有小名？"胡婷慢慢扭过脸，迟慢间疑问说："怎么？作为大美女的新任男朋友，这都不知道？她啊，是改了名字，之前叫沈葶。呦，她连这都不告诉你啊！"齐炎硕有些犹疑："哦，这样啊，以前还真没听她说过，好端端的干吗改名字呢？"胡婷白了他一眼，咯咯笑起来："嗨，你也是太单纯了，这你都想不清楚，沈葶现在可是混电视圈的人，能在这个行业立足的人啊都不简单，人家这个圈子，讲究的是品牌，是曝光度，就像作家有笔名，艺人有艺名，改一个漂亮点的名字，当然是为了以后出名做准备啦！”

靳卿眼看话锋偏了，便同男友一齐邀了齐炎硕喝酒：“来来来，咱们这算是第一次见啊，提前给你拜年了，以后得常聚，可鑫这么好的姑娘能找到你也算是福气呢。”靳卿的男友彭佩也说道：“是啊，以后回了北京得常见，可得多联系呢！”齐炎硕笑呵呵回敬：“那是肯定啊，总觉得可鑫啊还没长大呢，虽然业务上比较成熟，心智还是像个小孩，很多地方还得你们作为朋友多多指点。”胡婷一听这话，来了兴致，一边的手腕抵在下颌上，露出白灿灿的浪琴表面，随下又挨过身子依偎在靳卿一边，靳卿本就生得瘦弱，只得直了身子强支着她，胡婷又说：“不光是沈葶有福气，你也算是有福气，能找到这么独立能干的女强人，真是男人的幸事，沈葶从小就是独立自主的，论能力和本事啊，还真没几个女生能比得上她！”齐炎硕听了她这一席蹩脚的夸赞，没再答话，只是点了根烟徐徐抽起来，烟雾逐渐填满了沉默，贡献出唯一的一点声响。

山顶的冷风吹得凛冽，难怪人都说，北国的风能吹皴人的脸。高中同学井立维突然打来语音电话：“沈葶啊，你回老家了吗？”“回来了，好久没你消息了，你挺好的吧。”“挺好挺好，这过年时候大家要一起聚聚了，我年后要和栗颜结婚了，到时邀请你来啊！”“呵！你们可是真厉害，真让人羡慕啊，你俩这长跑也有十几年了吧，真是咱们同学中的模范情侣，恭喜啊！”“哈哈！谢谢，那到时候定了地方我发给你哈。”“好的好的，提前给你拜年！”

风呜呜吹着，苍冷的干树杈子在风中挺立，忽忽摆摆，贴到后方的黑山群脉上，一派嵯峨萧瑟。齐炎硕看沈可鑫好久没回来，便走出去寻她，她高挑的影子在冷风里飞出发丝和衣摆的侧面，好像警匪片里的女探。她拍了段延时和齐炎硕走回来，冻僵了的双手就快没了知觉，齐炎硕倒了杯热开水给她，她端起来双手焐着，一边喝一边抖着双腿说：“哇塞，这也太冷了，差点没把我给冻死。”她将吹散了的头发在脑后挽起松松的内卷盘发，虽略显蓬乱，却别有一番女性特有的韵致，她想起来刚刚的通话，说道：“对了刚才那谁，井立维给我发语音说，年后他要结婚了，我看咱们到时候得一起了，好几个同学好久没见了呢。”“吼，他和栗颜可真不容易，能从上学时一直走到现在，这么多年了还在一起，真是厉害。”靳卿感叹着。“你看这白富美的待遇就是不一样，人家结婚啊，都是先通知你，我们啊都是只有后面排队的份儿！呵呵！”胡婷接过话笑道。沈可鑫只觉得她现在别别扭扭的，也说不上哪里不对劲，总有种似有似无的故意。“哦，那这个他肯定会挨个通知的啊，结婚这种事情，对吧！”沈可鑫只是低头吃菜，不再与胡婷有什么来回。

胡婷见沈可鑫有些拘谨，又看见沈可鑫男友陪着她一同刷抖音，两人有说有笑，聊着些商品广告的投放技巧，没人接她的话茬，便又换了话题："唉，沈葶，你这回来了，什么时候带我去市里的酒吧玩啊，我都没有去过酒吧呢，你酒量那么好，该是常去的吧？"沈可鑫又被问蒙了，一时间无从作答，哪知齐炎硕淡定地回了胡婷一句："我想你是记错了，我家可鑫酒量很差，基本不喝酒。"胡婷没再说话，定定的眼神射在沈葶脸上，透出审视意味。

小年夜的饭刚刚吃完，人走出来，迎过清凉的冷风扑面，吹净了一身油渍。齐炎硕开车送胡婷和靳卿他们回去，下山的路盘山而泻，萦萦绕绕，好像游乐场里的迷宫道。弯道走完，几个人又回到疏阔的街面上，车子缓慢前进，街道两面喜迎新年的彩灯队列般迎过来，红光灿灼，坠在明黄的华灯下，是待嫁新娘的耳坠子。

偶尔有对向的车迎过来，打亮车里的几张脸，沈可鑫忽地想起来井立维和栗颜的份子钱，便说道："那个，到时候我们随多少合适啊？得提前做准备了吧？"靳卿还没答话，只听得胡婷笑说道："呦，这点事现在还记着呢！"沈可鑫隐约觉得她有种似有似无的枪药味，觉得一万个不理解，又不知怎么回应，只得解释说："不是，这个不是礼节吗？给多少合适呢，他不是同学中第一个结婚的吗，给少了也不好看不是。"胡婷又接了一句："哎，你还是那样，什么都特别在意面儿上的。"这话沈可鑫听了更是不解，无奈中又说道："这个不是面上不面上的吧，这个得合计好了啊！"靳卿觉得有些尴尬，便解围说："行了行了，到时候我们定一个统一价吧，这样谁都好看一些。”车里的气氛又静下来，没人接话了，唯有电台里的女声在讲述着做作的情感关系。

几人被依次送回了家，电台里切换到激扬的新年音乐，齐炎硕拉了一边副驾驶上可鑫的左手说：“哎，我感觉你这个同学，好像没有那么简单呀。”沈可鑫扭脸问道：“什么没有那么简单？你说谁？”齐炎硕顿了顿说：“呃……就这个胡婷。”沈可鑫又问：“怎么不简单了？”齐炎硕说：“感觉，就是感觉，我感觉她没有那么简单。”沈可鑫无奈中笑了笑：“嘿，我看你是想多了吧，我都认识她十年了，有什么简单不简单的？你才见了人家一面，就能判断准确？”齐炎硕舔了舔下嘴唇，又轻声回了一句：“嘿，这人啊活着得动脑子，跟人说话要听话听音，你啊，还是太单薄。”沈可鑫一向最烦他说她这一点，一把撸起小臂上的衣襟，立起半面胳膊说：“哟，我单薄？看看我这一身子腱子肉，啊！哪里就是单薄了，哈哈，你这，刚见人家一面就说人家，我看你才是不简单。”齐炎硕看她那憨傻的样子觉得无语，瞟了她一眼又说：“你呀，还是心思都在读书工作上了，社会阅历不行，看不准人的。”沈可鑫皱起眉觉得有点烦：“好吧，我入社会没有你早，这方面不如你，行了吧！”沈可鑫虽说嘴上不承认，但心里早有了异样，她眼看着胡婷越发强的攻击性，不知何故。

春节里的喜气还没散完，转眼到了二月初始。今天是二月二，俗称龙抬头，也叫春耕节，意在敬龙祈雨，佑保丰收。井立维把他和栗颜的婚礼定在这天，算是赶一个吉祥。这一双登对，称得上识在豆蔻后，结在而立前，因两人都生得比常人白净，故而得了一个“井立白”的雅谑。正值惊蛰的华北小城，依旧沐浴在春冷里，灰黄的树刺上还不见绿芽，唯挂满了枝枝碎碎的红囍条子，随风荡逸。风大了一些，偶尔吹下来个别镶过金边的红叶子，落在新娘的脚底，衬得她更是明艳。栗颜摘去了政府文秘标配的黑框眼镜，没了眼镜做框饰，双眼的微距似乎宽了些，她挨在新郎井立维一旁，对往来的宾客点之以首，纯白的婚裙外罩着暗红的貂绒，奈何天气还是太冷了，冻颤了满嘴的小白牙。井立维近年来微微发福，不上三十的颈项，欢笑中竟现出层叠，露出点油腻气。

同学老师那一桌坐满了人，让人回想起十年前，苏远老师的课外班。沈可鑫算是苏老师多年的执教生涯里，最中意的一个女学生，故而在她出现的场合里，沈可鑫从来都是相伴左右。胡婷拉过靳卿紧挨在一起，坐在沈可鑫的正对面，她今天的装扮异常优雅，藏蓝色花边连身裙，粗花呢法式名媛白色小开衫，较之沈可鑫小年夜的胡乱盘发，她的这一席内卷盘发多了颗精致的乳白色发结，看上去好似中世纪的宫廷风。婚礼的协奏曲放出来了，场面暗下去，幽兰幻紫的光晕里飞出亮闪闪的彩色气泡，绚丽虚幻，轻碰到人身上，碎地没了声响。肥圆的司仪牵动了全场人的情绪，紧张的领结捆住他圆胖的脖颈，该是要喘不过气了，不过熟稔的台词还是被逐个放出来，配着抑扬顿挫的语调，声声传入人的耳朵：“各位来宾，欢迎来到井立维先生和栗颜小姐的婚礼现场，两位新人志同道合，从相识、相知到相爱，直到今天步入婚姻的殿堂，是缘、是分把他们两颗纯洁的心相撞在一起，可谓花开并蒂、珠联璧合、佳偶天成！”司仪一贯喜好煽情，动情的语句和曲调调和在一起，弄得人情绪激烈，泪眼婆娑。

同学这桌十几号人，都是多年未见的老同窗，有的人褪去了年少的婴儿肥，变得珠光宝气，有的人似乎没怎么变，还是一脸学生样。时光带走的似乎不止青涩，还有藏进眼底的故事和流向。沈可鑫举起手机为台上的栗颜拍特写，随下又换了录像模式，转到桌子对向的人脸上，胡婷发现可鑫转过来了，忙移转了视线，抛眼瞧向台上的新人。她刚刚沾满泪渍的眼边儿现出一丝清冷气，该是睫毛膏的黑色晕痕，远看上去，好似才点过的眼药水没擦干净，停在那等人发现。

仪式完结，栗颜换了纯红色的长礼服同井立维下来敬酒，新娘好看的身形被贴体的礼服包裹住，像条游动的小红鱼。苏老师打起她一贯的班主任姿态，举起左手，提了一杯酒：“来来来！孩子们，咱们班就出了这么一对啊，还是在我眼皮子底下看着长大的，看看人家这进度，啊！你们好几个到现在都还单着呢，你们各个的，可得抓紧啊！”苏远是品高德厚的模范教师，她的师评一向都是称赞有加，很多学生即便是毕业多年仍与她保持着往来。苏老师虽说略显絮叨，却终是宅心仁厚，苦口婆心。

十几只杯影集合成聚，方的圆的，黑红白黄各类颜色，才依到一起，又飞散开，悄悄回到自己的位置。苏老师在教学专业上一向是先进的，可在人情世故上却像是个透明人。她一贯以沈可鑫为傲，誉她为“得意门生”，进而常在公开场合做不合时宜的夸耀：“咱们沈葶现在可是越来越出息了，我有时总能在新闻直播里看见，当真是给咱们班长了脸，我这一辈子啊，能教出这么一个学生来也算知足！”靳卿盯着沈可鑫笑，痴憨的神态依旧是小孩子模样。另几个女生不声不响，只是闷头吃饭，三四个男生因选了白酒，聚成小团体，互相聊着各自的生意经，各个面红耳赤，推杯换盏。沈可鑫觉得有些窘，便邀了苏老师去廊外散步，苏老师即刻又换成了一副阿姨口吻：“我说啊你可得抓紧了，越是你这种姑娘啊，越容易被剩下，趁着年轻赶紧找个好的，可不敢把自己给耽误了！”沈可鑫只点头不做应，抬眼看过远处的一片楼宇林立，便要为苏老师拍特写，苏老师忙裹住一袭玫红色围巾蔽体，挺直了腰杆站在阳光下，好似波斯新娘。

长辈一桌坐满了阿姨，苏老师很快被栗颜的母亲叫过去聊天，沈可鑫为避开被过度关切，一个人偷偷回到了席位。胡婷正依着靳卿说笑，见沈可鑫回来了，渐渐收起笑容，沈可鑫好奇她们的欢乐，便问：“说什么呢这么高兴？给我讲讲！”靳卿回道：“嘿，刚才说起来咱们上学时的化学老师，上课时腰带松了，露出了半截红秋裤！”沈可鑫突然想起来这桩旧事，便笑道：“哈哈哈，真的哎，你要不提我都给忘了，现在想起来了，真是历历在目啊，当时记得他还一个个问咱们来着。”沈可鑫因觉得好笑，涨红了一张脸，不停地抖肩膀。

胡婷见势说道："你现在可是层次不同了，怎么还净记得这些。"沈可鑫一愣，反问说："不是，当时这么搞笑的事当然记得啊，我们也都是给人打工的，哪里就是层次不同了。你这现在说话，怎么老夹枪带棒的！"胡婷又说："我夹枪带棒？是你太敏感了，真的是，内心极度敏感。"沈可鑫厉色道："哎，我说胡婷，你是对我有什么意见么，这说话经常阴阳怪气的。"胡婷突然甩出一句："你想多了！"沈可鑫仍是一个不理解，前倾过去问道："我是哪里得罪你了吗？还是哪里惹到你了啊？"胡婷一听这话，音调立马高了八度，奚落道："你快别作了！"沈可鑫更是疑惑："不是，咱俩到底是谁在作啊？我还没到那么没礼貌的地步，去找你作吧？"胡婷冷笑着又道："呦，你有礼貌？你作为一个有头有脸的女生，当时理头发，觉得人家发型师没给你剪好看，直接开骂，说什么妈的真难看之类的，连钱都不给付的好吧！就这，也算有礼貌的呀？"沈可鑫听了这话，气得火冒三丈，直接问道："我什么时候骂人家了，你这么杜撰有意思吗，再说当时你在我身后吧，我给没给钱，你没看清楚吗？我给没给钱，我自己不知道吗？"

众人看着氛围已然是针锋相对，一个当年说话有点分量的男同学愣怔中开解道："哎哎哎，人家这好好结婚呢，你们俩这是干什么呢？还对桌吵起来了，有意见去厕所提去啊，我们还要喝酒呢，干吗呢这是！"沈可鑫睁圆了眼，气着回说："我干吗了，真是莫名其妙，她老是拿话呛我，我还不能反击了？”另一个当年的数学课代表也接了话：“你们女人之间打情骂俏回了家自己玩去嘛，你俩这是在干吗？老同学好久不见，这今天好不容易聚齐了，胡婷你这是作什么妖呢？”胡婷微微耸肩，噘了下嘴说：“呵，我作妖，你可真有意思，怎么，你这还准备抓着当年的朱砂痣不放手呢，人家现在可是有主的人！”那男生明显是尴尬到了极点：“你，看你平时人前人后应付得挺到位的，原来不过是虚情假意，今天可算是见到真面目了啊。”胡婷轻蔑地一笑，抬过下巴，抛远了一双眼不做言语。靳卿被夹在中间不便多言，只低头摆弄新一季的王者荣耀，另几个女生也只做沉默状，没做反应，有几个才偷瞟沈可鑫那一脸的稚气，又急急避开，好似这一场争执，不过是一对演员，临时做戏。场面又僵了须臾，直待苏老师归了座位，说教模式再度开启，气氛才方渐平息。

不过一时，一场梦幻的婚礼便宣告结束了。冷刺的白炽灯通通亮起来，替换掉流动艳彩的光，十几桌残羹有个别仍是原样，还未有丝毫折损，便被阿姨通通清理掉，不过也算是上了回台面，做了一次短期主角。胡婷紧挽过靳卿的胳膊走去酒店大堂，留下沈可鑫和苏老师几人继续闲聊。

厅堂中央有上百只粉白和香槟色的玫瑰拼聚成拱圆的围蔓，中间写着一句花式祝福“Happy wedding”，栗颜和井立维忙着照应离去的亲朋，两只身子凑成一人，像是在做远别。栗颜因在校时帮胡婷补习过一次英文，便顺理成章多了一层“师徒关系”，看栗颜在那，胡婷便拉着靳卿走过去：“师傅师傅，好多年不见，还是这么白净好看，怎么保养的。”栗颜转身回应：“你还不是一样啊，论白净，谁都不及你啊。”胡婷拿出高级的公关功夫，不假思索地夸赞：“师傅还是那么文雅，小时候就文气，现在更文气，这做文员啊就是养气质，换了红礼服更显得白里透红！”栗颜不禁被她逗笑了，深知嘴上的应酬本领不及她，便停止了往来恭维。“哎，咱们同学好多年不见了，趁着新娘子新郎官都在，来张大合影吧，我看别的同学都回去了，剩下这几个关系近的，留个纪念。”胡婷又招呼过和她不错的两个女生近来，挽了靳卿一起同新人留念。栗颜和井立维各站一边，胡婷站在C位，双臂搂住旁侧的两只肩膀，好似电影杀青中的大女主。

沈可鑫应是余气未消，便草草与几个女生告别后，先送苏老师回了家。胡婷在大合影后又做了一番标准到位的寒暄，便同靳卿一起回去了。靳卿心里看不惯她言辞凌厉，路上一直没做言语，只听胡婷有一搭没一搭地问道：“你感觉栗颜这婚礼怎么样 ，呵，这排场倒是不小呢，来的还都是奔驰车。我看她那两件礼服，至少都得上万！”靳卿低头看路，看到胡婷擦得鲜亮的皮质靴面一左一右间或冒出来，像在跳踢踏舞，又回了神回应道：“婚礼就是个仪式，以后不留遗憾嘛，也算是一种社交。”胡婷听了这话，觉得靳卿有些好笑，便说：“你啊，还是个孩子，现在我们都是在北京打拼的人了，还回来社什么交呢，其实人到了一定年龄啊，一些朋友就应该过滤掉了，没什么实际意义。”靳卿万万没想到方才还一脸热情的她，现在竟会说出这般话，心里觉得寒战，也不过为了情分，没做接应。

胡婷看她一直沉默，便斜过眼打量问："怎么了，觉得我今天对沈葶太苛刻了？没给她面子?"靳卿思了思回道："也没有，只是觉得，大家都是从小玩大的，别弄得人下不来台。"胡婷觉得她有些憨傻，便问："是我把她弄得下不来台？呵呵，你都不知道她怎么看咱们的，总是觉得自己高人一等，你别被她哄骗了，她啊，那是觉得自己各方面优越，从心里瞧不上咱们，觉得自己高人一等呢！根本没把咱们放在平等位置上。""我不觉得啊，我感觉她没什么不同啊。""嘿，人家心里瞧不上我们，能说出来吗？那还摆在明面上不成？"靳卿觉得不便再做答话，就把话题引到胡婷的婚礼，说各方准备都做得不错了，等不及了要看她做新娘。

沈可鑫刚刚进了家门，便收到一位曾和她关系不错的女同学发来的群聊截图，群内显示有6人：

"今天她可真是尴尬，被婷婷一通怼，当年的那点气势全都没了！"

"哎，都是同学一场，何必弄成这样，多没劲！"

"嘿，人家和咱们不是一类人，犯不着接触，不过也犯不着敌对吧。"

"我倒觉得她人还不错的啊，不知道这是怎么了。"

"呵呵，你们想得太简单了，真不知道她天天做出一副高冷女神的样，装出一副不食人间烟火的样子给谁看，其实她也不老实，在电视台里乱混，还混到一个男朋友，我还见过一次，那男的也不咋的，不知道看上她什么了，也不掂量掂量自己能hold住她么！那电视台里的女的，个个都精得不得了，但凡能露脸的，都是些什么货色啊，早都被过过手了，他自己也不想想！也不怕被绿，还觉得挺好呢！”

沈可鑫看这最后一条信息的头像，是常给她点赞评论，互动甚密的胡婷，有些不敢相信，便又分开双指放大了比对，昵称和头像竟全都对得上，她不觉心跳加快，头皮发麻，软了身子倒在沙发上。她和她一切的亲密关系都不复存在了，只剩下头像里，一只柔弱无骨、睁着大眼的小白猫旁的梵尼诗棕木落地钟像是沉默的帮佣，兀沉沉立在那，不做言语，左右摆动的钟表芯有分寸地飘移，该是要故意拖慢时间，遁离这恼人的非议。沈可鑫顺手拿起桌面上的一枚一元硬币，细细端详，圆润的币体平光水滑，不掺杂质，蓬勃的牡丹花花状正浓，绽放开抛物线顶端的青春，花苞迸放出旺盛而单纯的生命力，不待过往，定格在艳绝的成熟期。她转到硬币的另一面，鲜明的数字1孤零零鏖战，冷冽中射出头顶直筒灯里刺眼的白黄，字体内有错杂的横向纹路，排满规整的矫饰。

又三年过去了，沈可鑫同男友齐炎硕共同创业开办了广告公司，因赶上了疫情期，又挨上新媒体风潮，她二人的生意兼有线上和线下 ，算得上日进斗金。沈可鑫也凭借她的专业能力，成为一个大流量的博主，算是实现了早先预期。胡婷在栗颜婚后不久便结了婚，还好婚礼没有邀请沈可鑫参加，没人抢她的彩头。她不久又生下了儿子，像极了少时的她，不及现在的十分之一。她那多年钻研的驭夫之术该是更加炉火纯青了，丈夫陈欣成为新晋的刑辩律师，胡婷对他的夸耀常常溢于言表，一瞥一笑都讲究章法。她仍旧像一只肥硕的小鸟，依偎在丈夫的羽翼下，同时又用厚实的肩背支起对方，流连在他人的评阅里。男人于她，好似夏日里避阳的树蔓，又好似肩头的战鹰，加持在漫长的人生道路上，收获永不停歇的钦慕。

沈葶和胡婷，再无往来。

劫心

平城的八月正值秋燥，秋老虎还没走，依稀剩了点盛夏的燥郁。市法院门口挤了一大批“长枪短炮”，今日的头条标题已被拟好——杀人犯母亲教子“有方”。

庭审现场坐满了人，久置的空调发出滞涩的呜咽，镜头遥遥转过去，打在一个女人脸上，像颗粒状的浊水滴子。前排的主犯和从犯并排坐成一列，像是五线谱里的音符，高高低低，肥瘦不一，监服是橘色，脸上的神色却是凄冷的冰凉。主犯商昭寒四十出头年纪，即便是经了些狱中磨损，也还是窥得见眉眼里的韵致，算得上风韵犹存。她一直低着头，一种柔弱无骨的姿态里，满是躲闪的冤屈。

法官维持了原判，主犯和从犯仍是极刑，在媒体通稿发出前，镜头聚焦到了商昭寒的儿子才让脸上，一片憨涩质朴的高原红下，是黑白分明的一双眼，即便是听到母亲的死刑令，也还是一脸滞钝，不过说到底还是公安大学政法系的在读学生，面对记者的喋问，也只浅浅应了一句：“法律面前，人人平等。”那一排五线谱里的音符一个个被押了回去，迟缓地飘移，像生命最后的协奏曲，荒诞而无力。

因承袭了川北一带的水土遗风，商昭寒那张脸，像是能掐出水一样，白的白，红的红，油润中透着明泽。她自小就是乡亲们口中的娇俏姑娘，精致的五官嵌在似是涂了宝石粉的脸上，更多了灵秀之色 。

商昭寒20岁那年，与丈夫泽旺多吉生下一个儿子，取名才让。泽旺多吉是身长黝黑的藏族人，打小耕田作农为生。为使才让走出深山，寻得更好的教育，商昭寒多次要求多吉外出务工。多吉依了她，去到四川泸州的煤矿下井务工。自此，她家每月的进益才算是好了些。

“哎，你说你要是这么接着干下去，到年底，咱们至少能攒下来五万元，咱儿子就能去成都上中学了！”商昭寒说着，给多吉端了洗脚水来。

“该是差不多吧，你在矿上捡煤，也挺辛苦，我看着你这小脸啊，都晒得像黑炭了！”

“哎，你说咱们这些个最普通的农民，能给孩子有个好学校上，才算是能有个翻身的盼头不是？”

商昭寒数着月月新进的票子，满脸溢着笑。许是睫毛浓密的缘故，她眼睑内天生有一条隐约的黑线，使得她那一双黑眸子，总像是会说话似的。她每日为多吉备足了餐食，便背着背篓到山里拾煤、变卖些废品聊以生计。四季朝霞，傍山临水的阿坝州，空气中常透出泥土的清香。此方寸土虽说贫寒，却仍旧是清雅灵快的。在川蜀腹地的西北一隅，这里像是被周旁的山脉阻绝了，静静回望着天府平原的逸足。

时间的游走似同迷雾，如此一般的清平日子不经意间挨过了数年。商昭寒因常年的户外行晒，脑门上已留了些浅暗的横纹。寒假前的一日，商昭寒去省府接才让，不想，才让一位同学的母亲问她：“才让妈妈，你这脸色，怎么和菜色一样哒？这女人一过了三十啊，皮肤状态是呼啦啦地往下掉的，我们几个的先生都忙得很，周末不在家，我们几个妈妈啊，都是约着去做脸面的，你要不要也一起的啊。”商昭寒道：“嘿，我哪里有各位太太那么好的福气呢，还是你们约着去吧。”说了便低头去了，回去阿坝的路上，她一路无话。

女人天生是好妒好较劲的动物，女人多的地方，多是止不住地攀耀比较。镇上的女人比起城里的女人也并未有太多差别，聚在一起时，也多是聊叹着夫君主业，随后再加以相互揶揄。一日，商昭寒听到邻街的婶子说：“我现在天天就在家看看孩子，家里男人常年不在，不过月月给我打几千块钱，也够我们过活的。人家山西那边的矿多，比咱这边的规模大，效益也好。他们有的矿工啊，一个月能挣五六千呢，我要是个男的，我也去了。”

同样是下井作业，收益怎得会如此悬殊？这数目平均到天，说不上日进斗金，也算得上是通了财运。商昭寒随即与多吉商忖道：“听对街的婶子说，她男人在山西下井，月进五六千，同样的活计，咱们何必还在这磨蹭呢?”“要真是这样，一样的活，能翻倍地赚，也确实没必要还在这耗费了。”很快，商昭寒同多吉便自荐到山西矿区，儿子才让因成绩优异顺利升入了省府的高中，平日里由多吉的父母看顾。

与蜀地不同的是，太行以西的平城地段要衰微萧索得多。这里的山河，贫瘠中透出干涸。空气中似乎总是漫溢着煤灰的味道，再混上雾霾的笼罩，像是进了一个庞大无边的密网，衬得面如灰槁。平城一家私人矿区的矿主胡文瑞，在他那间简陋的寝舍，接待了他们。

胡文瑞双脚踏着前方的办公桌子，口中叼着烟卷问："你今年多大岁数？看你这干干瘦瘦的，之前下过井吗？"多吉看了商昭寒一眼，说道："要说别的本事不会，这下井作业，支架工和三机什么的，也做了有七八年了。""是啊老板，他8年前就在我们泸州的煤矿里做工的，这么多年了，也算是老手了。"商昭寒跟进道。

"你家几个孩子？"胡文瑞起身问。"哦，我就一个儿子，在成都上学的，他奶奶陪着呢。""哦，拿你身份证过来我看。"胡文瑞起身接过了多吉双手递上的身份证，并戴了桌上的老花镜细察。随后又起身到桌后的复印机印了张多吉的资料入库，说道："那你准备明天下井吧，有空了，去镇上开张卡，先从支架工做吧，中间有夜班倒替着。每月七千五，工资一月一结，这一带的小矿都集中在这边了，后几排有些个平房，你看看有没有位置住。"

初冬的平城，冷洌中透出刺鼻子的桀黠。对面一座座黄土包着的土山上，偶有一蓬一蓬枯草从山崖的缝隙里钻冒出来，恼哼哼等待暖雨的临照，既像是诉说着孤寂的怨愤，又像是宣誓着心性。

"哎，咱这来了国内最大的矿区，这待遇就是不错啊。我眼下没找到事的话，还能陪着你，给你做饭。"商昭寒看着现下进益有涨，兴头间挽过多吉快着步子向前走。矿井的井口现被掩覆了，几条方便矿工上下的铁梯链子直挺挺地支起来，那井口的一边，还塑着个缩小版的祭台，里间供着绿衣红脸的关公像。商昭寒看到里面香火正旺，该是刚被人做了行礼。

“哎，你别去那站着，女人家的，坏风水。”多吉言道。

“怎么，我在上面站站也不成？讨厌劲儿的！”商昭寒笑着说。

“这你就不懂了，这地方比较敏感，女人阴气重，来了容易影响气场，对你也不好的。”多吉现出正经神色。

“哎呀，我又没真下去，参观一下你的地盘还不行啊？”

“行行行，咱走吧，行吧。”多吉拉了商昭寒去了那排供给矿工住宿的旧瓦房。

初冬的平城多了些寒燥，冰刀般的空气混着霾渍，一口口吸进肺里，生生擦出种病态性的触感。这一排排残破的矿工宿舍，水泥堆砌的墙体上，已有了些星斗般掉落的伤痕。房顶是被日头暴晒、雨水淋沐过的暗橘色，一片片深浅不一的瓦片里，藏着这一片边镇矿区，积连多年的尘灰。

商昭寒近前窥着，里间屋子还没有住满人，只有个别倒班的工人在补觉。她向多吉小声说：“我看这里面还有些位置，你看咱住哪间。”“你看，你觉得哪间好，就住哪间，选个咱两个能挨着睡下的。”多吉笑回着。商昭寒恼着看了多吉一眼：“又让我选，选差了别赖我。”说着扭头去了，绕行了几圈，商昭寒选了处坐北朝南临窗的床位说：“就这吧，我睡窗边啊，你睡外面。”随后，便进去收拾好行囊住下，又向另两个打牌的工友打招呼："嘿，我们是刚从四川过来的，以后啊，我给大伙做饭吃，大家多关照啊。"工人们笑声应着，眼底另透着些稀罕瞧见个雌性的星光。

商昭寒到底是吃过苦的女人，每日到了六更天景，便早早起身羹肴。很快，她便成了这片子矿地上的红人，因饭做得好，人又生得板正，那些个常年见不到婆娘的工人们，便趁着多吉下井的时候，偷摸着和她套近乎。好在商昭寒泼辣机灵，多次腾挪都没让人揩到油。

多吉依旧下井作业，这晋地一带的井下，与川蜀还是不同，脚底似乎少了些泥泞，山体内的煤石形状，也齐整平滑得多，不似从前一般细碎。从井口乘铁链木质人工电梯下降二百四十米后，便是多吉每日的作业地。多吉因有着这份高薪工作十分欢喜，他心内寻思着，自己就像是个从天降落的英灵，在脚掌落地的一瞬，便开启他叮叮当当地快乐谋生。那人工电梯在井上由工友操控着，长短高度自相调和。大家各自都有分属的层级，多吉日常作业的是第三级，他的上方和下方，各是不同的开凿形状。

井下的多条支路延展四面，每个方向的通道中，都挂着个200瓦的白炽灯，照得井下亮白如昼。那股子被遮覆过的光，透过灯泡表面一层积垒着的煤灰，缓缓照过来，远瞧上去，像是个年迈的老翁，密布着些旁人难知的怪诡。井下氧气有限，再应着那矿主胡文瑞的规定，工友们也只能是各自沉默做事。

空气中透出煤渍混着金属的气味，工友们各自打了强光手电，细细窥察山体的走向，不多时便看不见彼此了，只得依了身样做出判断。

一日的将晚时分，日头西斜，天色灰明灰暗的黑不下来。多吉一跃地，便瞅见商昭寒在不远处瞧过来，他问："你来这干吗了？"商昭寒碎步前去，看着满脸漆黑，只剩一排白牙的多吉笑道："哈哈，你，你这可真够黑的啊，太逗了，你先去洗把脸，咱们出去溜达溜达，我有点闷。"多吉顶着一张黑黢黢的脸，又扣了头上猩红的安全帽，透出一线憨顽，他随即整好衣服行至水龙头边上洗脸："你肯定有事，要不然，你溜达，还专门过来一趟？"商昭寒回道："嗯，我想着啊，你这白天下井，我天天除了做饭，就是坐在床上发呆，挺无聊的，还不如找个活计，还能有点钱赚，比如，去饭馆当个服务员什么的。"多吉瞧着她，用毛巾擦过脸面说："行啊，但是别太远。哎，这下吃不着媳妇做的饭喽。""嘿，谁说的，找个近处的，你可以随时找我去，我单独给你做啊。""行，你要觉得闷，咱就去找找看。"多吉照例依了商昭寒，这像是他们多年的惯例，自始至终，他或也没懂她去打工的真心思。

翌日薄暮，多吉作业后同商昭寒下山。从矿区到山下要蜿蜒走一段路，路面坑坑洼洼，石子遍地，走得商昭寒直喊脚疼。路旁偶尔有一两棵枯树，孤零零斜立在深冬的街边上，干瘪的树杈子参差不齐地支立，映去背后暗黄色的阴霾天气，更显了凄寂。

一间标了“山西面馆”字样的苍蝇小店在街边矗着，房子小巧别致，店头上歪歪斜斜的字样像是闹着玩似的，瓦顶漆了浅蓝色的油漆，墙体是暗红的。在这土哄哄、空荡荡的平城县道里，突兀间现出个卡通俏丽的小瓦房，顷刻生出种自相矛盾的不协。商昭寒觉得欢喜，说道：“哎，这个面馆故意装扮成这样，挺有意思啊，咱去瞧瞧，弄得和才让小时候看的动画片一样！”多吉跟了前去。那面馆的老板是个五十来岁的妇人，圆润的一张脸上镶进对等标致的五官。该是长得过于正规了，两只眼睛大而邃，天生的大内眼角透出些异域情味，四面方正的蘑菇头，前额的齐刘海儿压扁了整张脸。

她近前来，微微内收着下巴：“两位，吃点什么？”商昭寒看了墙上的菜目表，又瞥了眼周旁客人的餐食，回道：“就拿两碗河捞面吧，怎样？”“行，你吃啥我就吃啥。”多吉一向对生活的要求极低，似乎能满了肚子，也就餍足了。这家馆子由内到外都透出别致，墙壁粉刷成了鹅黄色，桌椅都是红蓝相间的，每张桌上还摆了卡通人物，墙壁上有只小木屋样式的钟表，那钟表每隔一个小时就会有只小鸟飞出来报喜，总像是等不及一样。

女主人是个有些情调的人。而此般格调，同这一片边镇矿区，当真是不相入的。商昭寒看着那碗多角度齐中、中间有红辣椒点缀的河捞面笑说：“哈，老板，你家这厨子做面可真是讲究啊，还弄出艺术造型了。”那老板娘移步过来道：“嘿，我们俩也是退休了找点干的，做点小生意，原看着这片地段不错，夏天房子后面能种菜，这不是能满足我们那口子年轻时想住在乡下的心愿么！”那老板娘谈吐文雅，全然不像乡镇女性。商昭寒又道：“看您不像是这边的吧？像是城里人呢。”她即刻回说：“哦，我们老家朔州的，我们两口子以前都是小学老师，他教体育，我教音乐，孩子结婚后我俩就搬到这住了。”

多吉小声问：“唉，你看她这招不招短期工？你问问。”商昭寒愣神片刻，回头问道：“哎，老板娘，您这招服务员吗，我正在找事干呢。”那女人怔愣了下笑着：“嘿，妹子，我们上个月刚走了个镇里的大学生，我这闺女也快生娃了，我还想着要去看外孙子，正愁着没人帮忙呢！你是一直住在这边的吗？”商昭寒一笑，故意学了山西当地的话头与老板娘应着，又清了嗓子装腔：“是了，我们从四川过来，现在一直在这，我男人在山上边下井，我也正愁着找事了。”

那老板娘近身坐下：“这姑娘长得真俊呢，清眉秀眼的，我这正缺个服务员，你要是肯过来，就先试试，之前做过吗？”商昭寒一向灵敏，应着：“嘿，我们这穷苦农民出身的人，有啥是干不了的了，总比拾煤砍柴要容易啊。”那老板娘低头浅笑，说：“那你来试试做吧，我们夫妻俩也需要个帮手的，看你机灵，先试试，我姓童，叫我童安就行。”“哟，您可是我领导，我哪里有直呼全名的道理，以后就叫您童姐吧。”童安应着，笑不作答，不在话下。

中夜里清声瑟瑟，里间的另两位工友下井轮班，多吉从后方环住商昭寒悄声说："唉，你说你明儿就去打工了，每天上山下山来回需得一里地，你白天不在，我有时候又要倒班，不能总见你了吧？"商昭寒转身用前额抵住多吉咯咯笑："怎么就是不能老见了？到你一周三两个夜间下井时，我就在面馆里睡，其余时间我回来睡，你都多大岁数了啊，还和小孩似的。"多吉笑而不语，月色下，商昭寒的眉眼幽媚清冽，像是两汪渗着水的叮咚泉眼。他们在暗夜中吻着，蒙着被子偷乘鱼水之欢，好似全世界都就此远遁了。

与往日不同的是，这几次多吉总像是喘不过气似的，没应两下便干咳不止。商昭寒回想起这两个月来多吉的状态，总是咳嗽，时有浓痰，便问："我看你是太累了，井下那么冷，你感冒一直又拖着不治，现在只要一动就咳嗽，别折腾了，快睡吧，明天我去买点止咳的。"

次日早凉，商昭寒起身化了淡妆，涂了光透的薄脂粉，抹了笔橘色的唇蜜。那支被某个十八线明星代言的唇蜜，还是半年前去成都时，为参加才让的开学典礼专门备的。这天的日头高斜，是晋北寒冬里难得的大晴天，冷厉的空气吸进肺里，要把整个身子都洗彻了。商昭寒回看着那排破旧的乱瓦房，不禁为脱离了需以时刻警惕的男人堆而心生欢喜。

面馆的生意是真好，极富童趣的装饰、做工精致的面样、善心悦目的老板娘。此般别致，似乎确是不同的。中早两餐一般由童安支应，商昭寒有时看她在那伙子灰头暗脸的矿工中穿行，总像是仙婆入了凡界，既格格不入又生动有趣。这馆子到了夜间，便交由童安丈夫姚远盯着。那姚远长得敦实，典型的北方汉子，头方脸正，皱眉小眼，一双滴溜溜转的眼睛里透出狠辣劲儿，黑红的一张脸总像是在生气，无声盯走夜间里的买醉人。

忙碌的日子匆匆散散，时间在不经意间挨过去三个月。童安月前刚回朔州陪女儿待产，这阿庆嫂的角色便顺理移给了商昭寒。聪明如她，商昭寒很快便熟稔了打点店面的规矩，真真成了童安的好替身，再加之她天生一副好皮相，因使得这顽童似的面馆，更聚了人气。

一日的午后闲暇，商昭寒趴在柜台后的小桌子上打盹儿，几个午间吃酒的门客依稀还在说笑，映去三点钟的小面馆略微多了点嘈杂。一旁的招财猫涂了满身油彩，高举过右臂，有节奏地打招呼。它脸上的笑过于标准了，像是面具一般，透出冰冷的僵硬。

“嘿，人家都照这规矩做的，净挣了都有几十万元了，这边这种事一直很多啊，不稀奇的，只要别害怕，下得去手就行。”商昭寒以为他们在谈生意，便起身抬眼瞄过去，只见那几个工友因醉酒而卸了衣服，露出微黄陈旧的内衣，脸面和眼底都渗出微微猩红。

“这种事，可是要遭天打雷劈的！不怕被查出来啊，这可是要判刑的。”其中一个留着寸头的工友应着，眼中流溢出异样地惊恐。“嘿，私营的呗，老板才不愿意停工呢，一旦停工，会有更大损失呢，真要是有人去查，肯定早就查出来了，还能由着他们可劲地造？”商昭寒对这组天文数字甚是好奇，抖搂了精神，立起耳朵细细探听。

兴许是以为门店里没了人，那几个工友像是发现了什么惊天秘闻，讨论得越发激动。可这看似不羁的酒后攀谈，却让躲在柜台后的商昭寒心生疑惧。她只觉得汗毛矗立，一股股从体内生发出的暗流，波浪一般席卷周身，足应了她神思不稳，脊背发凉。一时过半，喧杂的声音散了，留下油脂混合烟草的味道，浓烈中藏有尖刻。商昭寒着手整理满桌子的狼藉，一遍遍回味其中因理。

那夜正逢多吉下井倒班，商昭寒不愿回去，便照例躲在里间的三角库房挨度长夜。夜间11点，她才挂断了同才让的视频通话，屏幕中的才让像是胖了些，沉稳中夹带纯真。历来贫寒的仕子们总是勤奋的，这一次才让的期末成绩，依旧稳坐年级前三，她不禁想道：“我们家上几辈都没出过高才生，才让怕是要破例了，又快要过年了，回去得好好奖励他。”商昭寒浅扬起嘴角拉下灯绳，周下里瞬时黑了，那黑真是黑得彻底，像是跃到了极远的西南。门缝底下的一线白光强钻进来，钢丝般刺目，同又夹了姚远和一票工友的酒唱，时深时浅中进犯着她的客梦。

梦里她不再是异客，直冲过层层暮霭，又一次临水阿坝。那条时迅时缓的岷江，是她思忆中清泉回响的童年。忽然有人用绳子从上方套住她，一节一节往天上拉，眼帘里的江水风物逐渐暗下去，唯剩下窒息和惊怕。

商昭寒醒过来，开眼竟看到姚远那张胖硕肥腻的脸，酒后的红斑一片片从酱黑的底色中渗出来，像只发情的猛兽。他死死盯住她，眼底流出股股红光，他用力掐她的脖子，扯她的衣裤。她喊着：“你干嘛，死鬼，你喝多了，滚开。”她用力猛踢他的腿，咬他的胳膊，捶他，打他，可是他太重了，反抗终是无意义。他用劲扇了她几巴掌：“叫唤什么！看你今天还躲得过去！”商昭寒被捂住了脸面不能挣扎，她被撕扯下的短裤像羽衣一般飞落。在这般狂吠的欲望前，她轻而易举便失了防线，败下阵来。

时间终是凝固住了，门半掩着，门外寂静无声，只有道白闪闪的光，在眼底呼啦啦地晃……

商昭寒觉得好笑，自以为从虎狼之穴逃出来，却遇上一出突袭的荒诞。这间窄小屋子，像是厚密不见底的黑洞，将她的无力、惊怵和绝望，一并吞噬了去。她好似掉进了千丈万丈的深渊，脚下的泥沼将她一点点淹没掉，殁了她的妄念和期冀。她不愿挣扎，也无力解释，更不希求突出重围，只是沉默状，整夜未眠。

次早的姚远没事人似的，叼着烟卷悠闲地晒太阳，他身后那段被日头拉得纤长的黑影子，是个佯狂的传教士，虚实间难辨真伪。

商昭寒顶了两只黑眼圈出来，因气不过，蹬蹬上前厉声道：“你无故占了我身子，给我加工钱。”只听得那姚远悠开嗓子回道：“哟，是你自己往那旮旯里一钻，我还以为是童安呢，她以前也经常在那眯着，我昨儿喝多了，醉醺醺的，谁知道那躺的是你啊。再说了，当初说工钱的时候，也没说包吃包住吧？我压根就不知道是你在那睡。”

一听这话，商昭寒更气了，她跳到姚远面前尖声叫起来：“童安都回去看你外孙两个多月了，小屋子里睡的是谁，你敢说你压根不知道？！能说出这种话，你还算是个人吗？我告诉你，我可以去告你！”姚远朝她看了一眼，他那双细小的眼睛总是移来瞟去，透出诡计多端的情状。一双细眼镶在圆鼓粗笨的大脸上，似是要被吞进去。他哼哼浅笑：“哈，行啊，去告吧，看看诉讼费你出的起出不起！我看啊，你要是懂事，我每月给你多加三百，咱以后各自相安无事。再说了，你也不是什么黄花大闺女，你这个岁数的女人需要调剂，你也不吃亏！”这一席话，使商昭寒气得身子打战，转身坐到客椅上直喘气。

全天的活计零散，商昭寒干得有气无力、心不在焉的。姚远也没再为难她，只是不时就眯起眼瞧她，那一脸欢喜的肉，终是达成了一桩旧愿。到了晚间，商昭寒负气回去了，她接连几个小时没说一句话，路过巷子边的垂杨柳，她上前靠了会，许是累了，又蹲在树坑儿底下悄悄地哭。

深冬的夜透出凛冽的孤凉，寒风一下下刮在满是泪渍的脸上，皴得皮肤阵阵生疼。年关将至，她需要钱，需要很多很多的钱。她只得停住悲伤，不应让多吉看出她的萎靡。正思着，多吉来了电话：“媳妇，咳咳咳，你还没回来啊，天黑了，我去接你吧。”商昭寒回说：“好，我正往回走呢，你过来迎我，看咱俩多久能撞见。”“哈，咳咳咳，你都这么大了，还挺爱玩的啊。行，我现在出来迎你啊。”多吉笑着，他仍是不停地咳，声声肺气碎裂了听筒。

上山的路是轻缓的爬坡，西天沿儿上残存了些灰白的余韵，抬眼瞧见一排排枯瘪的槐树杈子，满排粗苍的枝干里，能窥见月亮的白色孤影儿。天空是匀称渐变地呈色，一半紫一半蓝，脚底发出小石子摩擦的干涩声，一种鬼泣的冰冷。

商昭寒远远瞧见一个高长的人影走过来，那是多吉。她又听到他在不住地咳，便上前问：“哎呀你说说我，说好了去买药的，这两天忙得都给忘了，咱现在下山去买吧，镇上应该就有的。”多吉说：“我也想着去买的，这两天晚上咳得厉害，睡都睡不着，可能前些天感冒只喝了两天冲剂没坚持吧，现在算是拖着了。”商昭寒上前扶他，并排朝山下走。多吉现在一讲话就是不住地咳，商昭寒便应了他说：“你快别说话了，怎么喝冲剂就是没用呢？咱们到了药店去问问人家。”正说着，她扭头看向路过的红蓝面馆，那看上去童稚有爱的小馆，此刻正传出嬉闹声，泛出清冷的幽光。

镇里星星落落的饭馆被堂外的霓虹衬得流光溢彩，商昭寒笑说：“咱先去买药，买回来去吃点新鲜的。”多吉应声去了，药店里的陈列让他眼晕，只听得商昭寒问：“唉大夫，我爱人总是咳嗽，这两天越来越严重了，前儿也吃了些止咳冲剂还是没什么用，止不住的。”那“白衣”不过十八九岁模样，转身笑说道：“我可不是大夫啊，你这情况有多久了，发热出痰吗？”“咳嗽前前后后有快俩月了，自己觉得应该有发热的，总是感觉有痰咳不出来，咳得胸里闷疼。”多吉回道。“啊？怎么还胸疼呢？要是这样的话，可不像是伤寒感冒的，你最好去拍个片子，给你开点止咳消炎的，你最好尽快去拍个片子看，到底我也不专业，只懂得个皮毛。”那姑娘应着，浅蓝色的口罩上方，是一双和善的褐色眸子。

商昭寒陪多吉在镇中心的一家小馆吃了点小麦粉，一向无话，随即上山休憩了。第二天一早，商昭寒起身说：“今天我们去拍片子，我和那老板说了，倒休一天。”多吉随即跟了去，他们下山找到公车，前去平城市第一人民医院。

历经来来回回近半个多月的挂号、预约、问诊、CT造影、造影诊断等多个回合的返复，多吉被确诊为疑似尘肺病。商昭寒心有不甘，进而又与多吉前去太原检查，不想结果却是一致。

商昭寒呆看着两边顽石一样的肺片影儿，询问医师多吉的最久期限。那捂得严整的医师应道：“他下井已经八年多了，这个病不治的话，会很快，药物维持着，不知多久，看个人情况吧。”商昭寒身子里透尽了焦灼，起身道了谢，直行去了门外。从省府到平城的高铁上，他们在座位上依着，一路无话。

窗外飞驰而过的乡村像粗陋的地网，盈载着北方冬季的苍凉。商昭寒坐在窗边，不时能从窗子上看见自己的脸，先前莹润的脸蛋已略显了松垮。她把眼神抛得远远的，不愿再看自己的脸。有眼泪绕着路从侧眼角偷偷滑下来，那眼泪似是过于懂事了，巧妙地避开了多吉的视线。她只觉得心如刀绞，一股子闷气憋在胸内胀着。她只能不停地深换气，将此般巨大无声的绝望，客寄在天混地浊的山土间。

商昭寒憩着，酣梦中她像是到了一处地宫，说是地宫，更像是明清两代的君王陵墓。内里阴凉彻骨，恢宏中透出音回四壁的孤寒。她只身在那地宫里穿行，兜兜转转、转转兜兜，怎么都寻不到尽头。行至一间门禁，她推门进去，里间墙上地上堆着满满的钞票，那赤裸裸红灿灿的票子，列队般和她对视着，数不清的票子，闪得她睁不开眼。

两个小时过去，平城南站很快到了。商昭寒醒过来，原来，她还在车上，无处求援，且身无分文。她扶了多吉下车，等公交，回矿区。冬夜里，站在车站边的多吉该是清瘦了许多，路灯下的影子被拉得更窄更长。

上山的路仍是坑坑洼洼，徒步回去要走近半个小时。她搀着多吉一点点向上挪，前儿的残雪还没化，踩在脚底咯吱咯吱响。她抬起头，看到片片鹅毛奔泻而下，巧合般地摔进她眼里。说是巧合，却又像是从天而降的宿命，无声里戏说着平山凄冷。

她厘了思路，清了嗓子说："多吉，我想好了，这也快过年了，你明儿就把工作辞了，回去养病，别再出来打工了。这么多年，你也挣了不少钱，这下就好好在家待着。这里的工资要比咱老家的高，每个月我还能给家里寄回些。"多吉缓声回着："让你一个人出来干活养家，哪里行呢。""那怎么办，你现在这个情况，不能再干了。再干就真出事了，那面馆老板人心很好，看我是外地人，每个月给我多加了几百，我要回去，就找不到这么好的活了。”商昭寒拉了多吉顿了顿，又道：“你站着歇会吧，别剧烈地动，一会又要胸闷了。我核算了核算，咱儿子除了能拿到一些政府给优等生的助学金外，我以后还能再贴他一些，以他往年的成绩，以后到北京上学都是有可能的。”

多吉笑了笑说：“嘿，去不去北京无所谓，能有个本科上就行，干吗要孩子那么较劲啊，咱俩都没什么学历，孩子能考到哪里算哪里。”“照你这意思，咱俩不是高学历，孩子也上不了好学校？你难道还想儿子跟着你一样地下井，跟着我一样地拾煤不成？唉，我们这种人啊，没什么别的出路，高考算是唯一出路了，这点上，必须得较劲的。”说着，她盯了多吉一眼，透出不容置疑的笃信，多吉无话，也只是憨笑。

半夜里，多吉还是不住地咳，快要把肺生生咳出来。商昭寒背对着他，又是一夜没睡。她睁眼瞧去墙壁上突突破破的斑痕发呆，窗外一蓬皎光徐徐散进来，她那原本童真纤柔的眼，木鱼般一眨不眨，漫溢出利落的择定。

熹微的晨色把人打醒，自半山腰一眼望过去，远远能瞅见迷雾一样的远山。转眼到了年关，一整个冬天通共下了三场雪，灰灰白白，覆盖了整个平城，山路两边依旧是白雪皑皑，静候再一季的春雪临照。

多吉辞了工作，等着回家养病。这天，商昭寒要去找姚远告假，回家过年。那蓝红小馆在冬雪的洗濯下更显俊逸，日头底下衬出澄亮亮的光，明媚俏丽，照得人心安。商昭寒闪身进去，脱了外衣，俯身收拾大片的瓜子壳。满地星斗的瓜子壳，像是怨妇撒泼般丢落各处，看上去喧杂凌乱，却自有情绪。

商昭寒把前堂整饬得干净利索，寻不来一点瑕玷。姚远从他与童安的憩处进来，看这新焕的样子称赞说："你可真是能干，全收拾好了。看着架势，年底得要奖励你了。"商昭寒已殁了往日的毛刺，只伶俐道："只要有奖励，你怎么高兴怎么吩咐。"姚远呆了三秒，眼里惊光一闪，他思么着，平日里那死犟的姑娘今儿是怎么了，便问道："嗬，两天没跟你玩真的，你倒软下来了？"商昭寒直走到姚远跟前挑开眼回说："怎么，不配合你你不得劲，配合你你还是不得劲？"说着平平摊开右手逗笑道："您说要奖励，我这一身子肥膘不够回家过年的，您老人家，准备给多少啊？"姚远呆了呆，扭头又见着商昭寒小步移进了屋角的小库房，还是那间小库房，这一次，更使得姚远蚀骨销魂。

从平城到成都的列车没有直达，需以西安作为中转，前后历经13个小时。商昭寒悬心着多吉一路乏累，另给他买了简易的木扎，以便中途休息。他们回至成都已近子时了，商昭寒问多吉："唉，你累吗？胸闷吗？咱今儿得在市里住啊，才让和奶奶都回去了，咱们明天一早也回阿坝。""行啊，你找一家咱们先住下，我就跟着你了，你是生活小百科。"多吉笑允。

她仰头看他，他那石雕般的脸又精瘦了很多，隐隐塌陷出内里的骨相来。她扭身打了车，径直去了春熙路上的蜀都大厦。多吉跟着上了车，不解地问："媳妇，怎么突然这么破费了，还打上车了，你说的那大厦听着就高级，咱们随便找个地方住得了，去哪里住都一样的。"商昭寒伸手搭住多吉的脖颈说："咱们以前啊太节省，想起来那年汶川地震，多少人一瞬间就没了，穷家富路嘛，市里的好地方，也得尝试尝试，寻寻鲜。"

商昭寒订了最顶层的一间飘窗房，在浴缸里盈满了热水，让多吉去泡。自己则站在窗边俯瞰，远处的片片霓虹点映在眼底，刺激着心里的欲望，电视里飞出带着鼓点的广告音，她将一只脚搭在窗沿上，轻微地打起拍子。春熙路和盐市口一带的夜景尽收在眼底，子夜的蓉城在悄悄熄掉的韶光中，透出厚重成熟的美。她思忆着一张张学生母亲年轻的脸、矿工眼底的动躁、酒客们的是非混闹，以及多吉那难以界定的生命期限。她急需改变，急需爆发，以确保一个并不妥善的明天。

她扭身脱了衣服侧进浴缸里，多吉的身子现下更是干瘪，突出的关节骨一下下硌着她。她抬头看到漫漫的水蒸气向上萦绕，在头顶强光的射照下，飞出一片炉袅残烟。她闭眼抱住他，听他不时地一下下狂咳。她近身到他胸前，侧脸挨过去，感受他生命的欢腾和律动。水温渐渐冷却掉，多吉还在，仍旧像十几年前阿坝水边的白衣少年。

蜀中的冬天同样是冷的，冷到侵肌裂骨，是沁进骨缝的湿寒。第二日，商昭寒起身开了厚密的尼丝纺窗帘布，外室的天光现出一片阴郁的白，那是蓉城冬日里常有的颜色，城市被大面积的云层遮覆，看上去软厚轻密，摸不到具体形状。

商昭寒看了眼手机，已是上午10点，她推了推多吉说："哎，咱们起晚了，要赶紧订票，中午我们去锦里吃东西怎么样？"多吉懒懒答道："那是什么地方？"商昭寒笑了："锦里啊！是成都最有名的小吃街，咱都到这岁数了，去都没去过，岂不是枉做了一回四川人啊！""哦，既然你说好，就去。"多吉一向整利，吃穿用度多是依商昭寒摆布。他们订了下午两点从茶店子出发到马尔康的汽车票，历时4小时。如此便宽裕出时间，在锦里挨延掉一个中午。

这条汇缩了秦汉、三国、明清风貌和川西情物的古街，是蓉城几千年来的美食标地。更是素常阴白的蜀中空气中，少有的一抹亮红，静照了冬日里湿冷的街道，像是个艳妆美人。与满眼萧瑟的平城不同，这里的冬日，依旧能窥见些暗绿色的生机，星星片片地布散在周旁的悬铃木、广玉兰和不远处的香樟树上。

商昭寒领着多吉，一户户选了些招牌小食：张飞牛肉、汤麻饼、久久鸭脖、豆花、三合泥、糖油果子、撒尿牛丸、油茶、牛肉焦饼、荞麦面和钵钵鸡。小吃品类的颜色均是花红亮绿的，吃的人贯着底子腾出欢娱。商昭寒使足了气力欢笑，她一口口喂着多吉，像是要把清瘦的他一下子填爆了。

她穿着几年前买的暗橘色呢子大衣，头发在脑后盘成发绾，刘海儿的流线和柔和的下颚线形成圆润的呼应。那大衣领子的暖色，在正午薄暖的明光下，衬得人面色娇红。商昭寒一直笑着，像是要弥补回流逝的韶颜。

茶店子车站和连年一样，挤满了从省城回乡过年的人。他们各自带着自己的身份造像，或倥偬或出神，散发出不同的气味和频率。小型的巴士车厢总是拥挤，空气中漫进来烟草和油脂的气味，偶尔有打扮花哨的妮子，混了满身浓烈的香甜飘过去。车厢里不时会冒出些诙谐的乡音，飘过窗外次第变幻的形影，一点点行进。

多吉靠着窗边睡了，头骨在窗子上磕碰出轻微声响。商昭寒侧眼偷看他，他是真的老了，侧面高立的一节颧骨衬着面额深深凹陷。她不忍再看，又怕看一眼少一眼，不禁地就来回移眼。见过道上有个被塞得满满的垃圾桶，随着颠簸上下连跳，连带内里的杂碎也跟着涌出来。不成想飞出一绺摇摇欲坠的香蕉皮，一小节明黄色不住地前后轻摇，像是一串儿流涕的鼻子。

猛然间，商昭寒被一袭强力砸到，酸痛里盲了一只眼。她又惊又怕，扭头喊道："这谁呀！干吗呢这是，这么不长眼！"她仍是睁不开眼，眼前现出一片黑星点子。

一个有些瘸拐的男人上前说："真对不起啊，我这想着扔水瓶子，没想到坐得远，没扔进桶里，还砸到你了。"商昭寒抬头瞧了瞧，那是个年纪不上35岁的男子，贴在嘴边的一圈小胡子参差不齐，两只微微突着的眼睛四处露白。商昭寒睁着一边的眼看他，那人的瞳仁竟是两边散开的，像是一只眼睛在看她，另一只眼还瞅着别人。

她觉得扫兴，便说道："你这扔水瓶，不朝地上扔，专门朝人脸上扔的！""哎哎哎，我真不是故意的，你起来，我看看有事没事？"那散眼人急切询问，口语中透出战兢的吃力。

"我现在左眼全黑的，看不见了，我要是被你打瞎了，你可得赔我眼睛！"商昭寒怨责着说，这时，一旁的多吉醒了，眯了眼问："怎么了？你睁眼，我看看怎么样了，别是伤到视网膜了，那可就麻烦了。"商昭寒仍是睁不开眼，眼泪哗啦哗啦地往下流。那散眼人愣了一会儿，看僵持不下，又问："这样吧，你也是回马尔康的吧？我加你微信，给你转账，你去检查一下。你这说的，我也害怕。"

那人自知无理，央了几次，商昭寒便把手机给了他，后又通过了他的申请。她看到那人的微信名字，写了三字："姜世圭。"商昭寒按住一只眼回头看他，他显然和常人不同，总像是有些神志不清，尤其是那双散开的眼，更透了点心智不全的样子。商昭寒兀地想起那个可怕的下午，她偷听到的那件矿区秘事。再回头窥察姜世圭的那张符合身份的脸，便不敢再看了，她猛地回过头来，脊背后嗖嗖发凉。

马尔康是阿坝州的地级市，比起平城的霾渍，这里的空气泛出清冽的剔透。整个县城被山水环抱，隔绝掉外界的喧繁，路边不时现出几只小型经幡随风飘曳，传来浅浅吟诵的佛音。

她同多吉互相搀扶着下了车，又回头偷看了那姜世圭一眼，慢步回了家。路上不时能看见些列队前行的信徒，她们多是从北面的若尔盖草原过来，前去马尔康西侧的观音桥朝拜的。这几位六七十岁的妇人，从背后看满负蹒跚，可从前面看，那一张张充布着条纹沟壑的脸，却嵌进了少女一样纯真的眼，散在肩线两侧的麻花辫，更多了灵透气。商昭寒的手机突突响了两下，她眯着左眼一看，是那个叫姜世圭的散眼人，向她转账三百元。她呆了呆，随即又把手机揣回兜里，迈开步子去了。

天色渐晚，商昭寒挽了多吉走在柯盘天街上，那是马尔康的羌族聚集地，也是多吉母亲的家。族民们把红黄白绿的玉米和干果晾晒在街边，黄盈盈的玉米粒子和红灿灿的熟辣椒，攒足了气力吸吮进薄暮中残余的天光。

才让早就在阿婆家侍候了，今天是他与外出务工的父母，大半年中的第一次见。他长高了半头，脸色比夏时白了些，见到有家人回来，便起身接过行李：“快进屋吧，阿婆做了牛肉粥。”商昭寒笑说道：“好儿子，看来你在成都过得不错啊，小脸都亮了两个色号！”才让呆看着母亲：“咦，您眼睛怎么红了？见着我激动了啊？”商昭寒揉了揉涩胀的眼：“哦，在车上被人拿水瓶子撞了一下，不碍事。”三人随即进屋歇下了。

阿婆的晚年心愿，同样是才让能上高中名校。故而在她不足三平的卧室里墙上，贴满了才让的各类奖状和证书，那方方正正的暖橘色，映得商昭寒不禁泣笑。许是阿坝的空气多了些湿气，多吉咳得不那么频密了，不过，他那时有时无的肺喘，还是让阿婆察出了症候。商昭寒眼看不济，便近身与阿婆悄声说："妈，多吉肺上查出了些问题，晚点我再跟你详说，他这次回来，得是要一直住着了。"阿婆听了，盯了多吉一眼，只是闷头嚼饭。

多吉早早回房睡了，商昭寒同阿婆在外室聊了会多吉的病。因看阿婆面露愁烦，她笑回道："妈，您别担心，医生说啊也不是什么大病的，慢慢养着就行，您就在家陪陪他，陪陪才让，我还回山西做事，咱们维持基本生活不是问题。"

商昭寒几下里哄了阿婆回屋憩去，自己则站在街门外发呆。那是小年夜的子时，漫天的星光瞰视着年关里络绎归乡的族人。不远处的柯盘天街明光晃晃，两座英雄纪念碑睁开橙色的眼，探去这方川北小城，百年依旧的孤贫。

她愣了近半时，随下掏出手机，给姜世圭发了信息："我现在眼底出血，什么都看不见了，好害怕会失明，不收你红包了，明天你带我去镇上医院看看吧。"那姜世圭该是心底有愧，秒回："几点？你说，我去找你。"商昭寒回："下午两点，天街东向路口见。"

小年的下午，姜世圭骑着电动车如约而至，他那双两边散开的眼，让人看了就想要发笑。商昭寒戴了太阳镜，慢移过步子轻声说："真是辛苦你了，本不想麻烦你的，可是我这单身一个人，家里就一个上了岁数的娘，也没人管我，只能求助你了！”姜世圭有些痴，不解地问：“不会吧，昨天那个不是你男人吗？你这么好看，怎么可能是单身！”商昭寒侧身坐到姜世圭的后座：“嘿，好看就肯定不是单身了？怪我年轻时候太挑呗，现在落得没人理我了。昨天那个啊，那是我表弟，他身子一向弱，昨儿是陪他到省城里看病去了。你没见他需得我搀着才能走啊？”姜世圭回了回神说：“呃，是这样啊，哎，这说起来，昨天真是不好意思啊，我这眼神本来就不好，瞧着那瓶子饮料难喝得很，扔垃圾又没看准，直接摔你眼上了，真对不住！咱赶紧去查查吧，我这也怪怕的，你要真失明了，那我可就真成罪人了！”

车子在迟慢间往前移，晚冬的凉风呼啸着在耳边吹起来。商昭寒坐在姜世圭身后，该是怕被风吹下去，伸手轻捏过他一边的夹克口袋，他身上那股子潮霉油腻的味道，正随风一点点弥散开。商昭寒理了理心绪问：“哎，你做什么的？难不成，也是回来过年的？”姜世圭偏过头回应：“我啊，我是在彭州工地上的，每年也就这时候能回来，过年嘛，回来看看老人。”商昭寒又问：“哦，你是建筑工人啊？那在城市里打工，薪资应该很不错的啊！”姜世圭被点了死穴：“嘿，不错？别提了，一点都没有不错，拖欠工资不说，我们还是重劳力。前两天我们工地上有个人因为拿不到钱，想不开跳楼了，包工头经常拖欠我们工钱，我们这些人啊，好多都娶不上媳妇的！”车子很快到了县人民医院，那栋不足五层的楼设，足足挂了六七排鲜红色的条幅，满眼赞语，生怕人忽略掉它的功绩。商昭寒下了车，轻拉过姜世圭的袖襟管儿，慢慢走进去。

姜世圭带着她一路挂号、排队、取号，候诊才得空坐下来，商昭寒便挨在他边上，小声说："我刚才戴了眼镜还是进风睁不开眼，一直这么拿手捂着，胳膊都抬酸了，你坐好了啊，借我靠靠。"商昭寒把左眼轻贴在姜世圭侧肩上，算是找了个支点，后又咯咯轻笑："嘿嘿，你说说啊，你这人这么好，这么负责任，竟然也还是单身？我真是奇怪了，你说你讨不到老婆，我一把年纪也嫁不出去，老天正好让你拿着个水瓶子，生生把咱俩砸到一块了！"姜世圭听愣了，又像是被蜜罐砸呆了，怔怔坐在那，回不出一句话，脸上耳上都涨出绯红。

医生给商昭寒做了检查，确诊是结膜出血，随下开了血明目片、止血片以做去瘀之效，并叮嘱三天内用冷敷，三天后用热敷交替疗治，两周后再做观察。出了院门，商昭寒又一次用墨镜遮住了眼："谢谢你了世圭，又是冷敷又是热敷的，我哪知道怎么弄啊！这两周，你可得管我啊。不能砸坏了我甩手不管了呢！"姜世圭看她这般央求，便不得不表态说："好好好，我砸坏了你，肯定要养好你的。我现在送你回去，你家在哪里？"

商昭寒侧身坐在后座上："哦，在健康局边上，拆迁后的家属楼。"姜世圭依言去了，他不晓得，那是商昭寒与多吉两人的家。到地后，商昭寒又恳求说："辛苦你送我啊，今天都累了，明天你一早就得来啊，你可是亲手砸坏的我，你可得亲自帮我敷眼的！”姜世圭觉得好笑，便说：“行行行，你说怎么着就怎么着，明天一早我来帮你敷眼。”商昭寒目送他回去，他那件浅咖色的夹袄里包了几层负累，看上去鼓蓬蓬的，像是随时要炸开。小年里的爆竹声时有时无，搞得人一下下的慌神，她望着他远去的背影，兀自神飞，连带那双灵秀的眼也跟着散了。

商昭寒移出步子，鞋跟一下下脆开路面，她走去天街边的阿婆家，那里，有她的多吉和才让。路边的盏盏街灯把她的黑影子拉得忽长忽短，不停地拉长了，缩短了，拉长了，又缩短了……她那一身橘红色，被推得越来越远，越来越小。

当晚临睡前，商昭寒随口带了一句给多吉：“哎，这几天我得回家住，你就在这陪阿婆吧，你好好养着，马上过年了，我得回去收拾收拾家。”多吉问：“你不过来吃饭了？回去还得自己做的。”商昭寒又说：“你不用管我啦，我要回来自己就回来了，你今年本命年了吧？家里得重新刷一下墙的。”多吉只得允了，他拉过商昭寒的手眯着，孩童一般的恬静。商昭寒随即就把手抽了回去，叹了声气，转身背过去了。她有些睡不着，便给姜世圭发了消息说明天要赖床，上午十点楼下见。

连年的生物钟还是在早晨六点半推醒了她，她不待梳妆，出门拦了辆出租车，急急回去了。那是她暌违大半年的家，待她近身卧室后，忙把墙壁上的结婚照、桌面上的生活照统统收了，很快隐匿了有关多吉的一切物像。不过一时，暗黄的墙壁上唯剩下一圈婚纱相框落下的边痕，那景状由浅至深，方方正正，像是通往另一个世界的门户。她看着突兀，方找来一张球星科比的明星报，整个压住了。

她收拾了屋子，洗过澡，化了淡妆。钻到镜面上细细观察自己的眼，一边的眼仍是泛红，不见了往日流晖。只得用刘海儿盖掉，露出右半边脸，做出些蚀魂之态。那日，她选了件锈红色的深领裹身裙子，远远瞧去，该是个漫溢着玫瑰露的流线瓷瓶。

商昭寒披了件浅灰色的羽绒服下楼等姜世圭，不到三五分钟，他便拿了蔬果牛奶，冰冻矿泉水停下车子。商昭寒上前挽过他："你给我敷眼睛，我给你做饭，中午给你做麻辣豆腐啊，不会让你白来一趟的。"姜世圭局促地回应："呃，我，我是来赔罪的。"商昭寒笑了笑说："呦，白给的都不要，你还不是真要傻掉了？"姜世圭闻着她头上飘来的阵阵怡香，无话作答。

独身女人的房间一向干净清爽，清清甜甜，像是茉莉蜜茶加了糖，姜世圭很兴奋，便问："你这家里收拾这么干净，可真是利索人，哟，你还喜欢篮球啊，看不出来啊，女生里没几个喜欢篮球的吧？"商昭寒有点紧张，忙解释说："呵，你也太小看我了！我骨子里住着个男人，要不然，我还敢自己去北方打工挣钱啊？"姜世圭呆道："哇，看不出来啊，真的假的，就你自己去的？""是啊，都说女人结婚得趁早，可是这单身的人啊就是这点好，想干吗干吗，想去哪里去哪里。”姜世圭抬手剪开了矿泉水瓶子，包了块毛巾给她敷眼，商昭寒斜躺在他腿上，待着冰块渐渐化开。她像是睡着了，一面暖光的射探下，侧脸的绒毛细细分明。

“哎，你说你人这么好，打光棍可真是可惜，不如跟我回山西算了，反正去哪里都是打工，同是孤身沦落人，做个伴也是好的。”她懒懒地说，握着姜世圭的一只手散出微凉。姜世圭像是在她面前凝固住了，只剩下呆痴，连带一双散开的眼也不能动了。一会儿工夫，姜世圭便觉得身下泛凉，低头一看，一片冰泽化满半身，刚想站起来，硬是被止住了，商昭寒顺手拿过床头上的纸巾为他擦拭，这一来姜世圭更是紧张，直被她摆布得一头水一头汗。

商昭寒说：“看把你吓得，我又不会吃了你，把裤子脱下来，给你吹干了吧，你这裤子有油点子了，也该洗洗了。”姜世圭支吾着说：“呃，这不好吧，那，那我穿什么啊?”商昭寒没做答应，眼底透出点无奈，随下便把他的外裤一点点剥下来：“我这可没有你能穿的衣服，你直接躺被子里吧。”姜世圭像个宠物一般，任由她摆布，他那双散着的眼，现下该是分得更远了。

较之洛丽塔的青涩净白，熟女的贴体就像是陈年的旧衣，姿媚中透出柔艳。她大他七岁，照理成了他的启蒙和缪斯，连续一周的冷敷和热疗使得两人胶漆相融，再难分离。姜世圭觉着走运，像商昭寒这等样貌，是他在彭州数年来都未能见过的。她肚脐边上独有的一点玫红色胎记，像是个神奇的魔咒，一波波激碎他沉睡多年的神经。空调的暖风低低吹过来，吹不尽摇曳的欲望。墙头上那张科比的脸，一直眯眼瞧望他，透着巧合中的吊诡。

春节很快到了，商昭寒到阿婆家过除夕。那晚格外冷，才让在客室里温习功课，多吉在里屋中不住地咳。电视中的升平一点点斥开耳廓，那些欢腾的旋律和标志性的面庞，她已看了多年，现下正缩成一段岁月的符号，一年年，一圈圈，兜兜转转。

商昭寒披了阿婆的一条酱紫色牦牛毯子，站在天街边上远望。眼底的微红渐渐褪了，心底的乏倦却丝丝盈漫，她想起童安丈夫的脸，姜世圭身上的味道，只觉得烦腻。夜色中的天街微温娴静，闻不到霾渍，也看不到喧阒。那条横亘南北的护城河该是睡下了，窥不见暗流的涟漪。时近子时，有人在放烟花，那烟花亮了、暗了，又亮了、又暗了。照去她那一袭藏民装束，像是个飞落街巷的觉姆。零点，她给姜世圭发了消息：“新年好，这两天要在家陪老人过年，我年后要回山西了。谢谢你这段时间的照顾，舍不得你，但，后会无期。”

翌日一早，商昭寒看到了很多姜世圭的来电提醒，便借口要回家拿些换洗的衣服，作别了多吉。她着了奶白色毛呢褂子，略施红妆出去了，唇上的一点点浅柚色，映得她明白光润，足足年轻了好几岁。她知道姜世圭会来，她知道，他会去找她。

大年初一的早晨安静得出奇，整个城镇还没苏醒，街道上是一片点缀过的深红，偶有片点红碎随风飞起，那是前一晚爆竹的残破，爆竹幻灭，留下抓不住的琐碎。空气中依旧飘荡着烟火味，渐渐漫成一片淡蓝色的灰雾，低低在四旁虚浮。不远处的拐角坐了一个人，背影黑黑圆圆，里面的羽绒棉胀得气鼓鼓的，那定是姜世圭在等她。

商昭寒近前坐下，不作声，只听姜世圭愤愤地说："你就这么要走了，那我算什么？我算是你的什么，你的玩物吗？就是拿我找乐子吧。"他低头垂丧，那双散了的眼，盈溢了炽烈的不满。商昭寒顿了几秒，浅浅地说："咱们啊，不过都是外出打工的，过完年我肯定是要走的啊，你也是要回去的，咱俩不过就是一个小插曲，我也不会跟你要求什么，谁也没什么损失，也不必太认真。"

不想那姜世圭竟咻咻哭了："早知道你只是拿我找乐子，还不如不接你这一招。我以前也没谈过女朋友，你是第一个，还被你玩儿了。"商昭寒笑而不语，半晌回道："这样吧，我肯定不是玩你的，也是喜欢你的，只是不想影响到你的生活。初八我回山西，你要对我真的有情，就跟着我一起去做个伴，矿上的工资要比工地里高得多，工种也简单，一教就会的。那的矿主我也认识，可以直接介绍你去，我在那山上的面馆里打工，还可以经常见你照顾你。"姜世圭听了，愣了几秒，恼哼哼说了句："那行，你要是这么说，初八早晨我在天街路口等你。谁不来谁是瓜娃子！"他摔远了手里的水瓶子，抬脚去了。

她望着姜世圭的背影不禁失笑，他终归还是逃不过她的手掌心。商昭寒很得意，回头一眼瞟见路旁的一只黑猫，正呆呆盯住她，斜晒之下的暗黄眼睛，似琥珀般深邃，黑黄相称，射出寒栗的敌意。临近11点，天光一点点从云层中钻出来，泼到人脸上，湿润的温暖。

商昭寒应了风俗去探望母亲，她母亲之前是健康局卫生处的护士，退休后一直独居。自打和多吉北上后，堂弟商子桦便常去看慰。她母亲一生温良，同子侄辈的亲戚们一向是过往从密。这天中午，堂弟约了来拜年，商昭寒做了些家食，开了瓶泸州酒招应："大半年没见你了，今儿咱姐弟俩好好喝两杯。"

商子桦是典型的阿坝人，身量窄小，朴诚而健谈，他回道："哈，我姐还是那么豪气，这从北方回来，喝起酒来显得更有劲头了啊。"他边吃边喝，微醺后的脸涨出绯红，一番果腹后说道："哎呀，我得睡会，你自己收拾吧啊，我有点多了。"商昭寒只得应了："哦，那你去睡吧，看你平时来照顾我妈也挺辛苦的。快去吧！"商昭寒收拾着满席的杯盘，待商子桦睡去后，便从他外衣的侧兜里掏出了钱夹子，顺手拿走了他的身份证。商子桦醒后已是傍晚，带足了喜气奔赴新的酒局。

乡野里的时间总是很快，催得商昭寒不得不要回去。多吉网购了大量药品在家疗治，他不愿商昭寒北上，却因身子孱弱，左右不了她的意志。

正月初八的早晨，东方露出明浅浅的亮白色，急等着人醒来。姜世圭早早来到天街东向路口，他背了庞硕的登山包，像是劳顿的蜗牛要奔赴未来。商昭寒也很快到了，她一向温柔懂事，不作不闹不小性儿，一切都使得姜世圭像是中了罂粟的药引子，怡悦到不辨明伪。

商昭寒着了件玫粉色短夹羽绒服，灰蓝色牛仔裤，脚踩浅口雪地靴，好似个女学生。姜世圭看得呆了，分开一边眼不住地打量，商昭寒说："愣着做什么，得赶紧走了，下午的高铁票，中午才能到成都的。"姜世圭从了她，一同行去镇上的长途客车站。日头渐渐腾起来，灼灼日光下的马尔康多了生动的明亮，算得上是蜀西的春日里，屈指可数的艳阳。

这是姜世圭三十年来的第一次北上，北国风貌好似另一个国度，昭示着他高渺的未来。一路的风景疏疏落落，早春的绿芽和前冬的枯草如画毯般直直斜斜、一幅幅次第而至。再配了车厢里不时起奏的阵阵悦鸣，像极了一连串登台高蹈的大地飞歌。

自太原中转，临到平城已是第二天深夜。子夜里的城区灯光暗淡，确已眯着了。唯剩下两个异邦人，怀着各自的期盼和动念，等待次日的天光重见。市区里的宾馆夜半嘈杂，搅得人睡不着，姜世圭索性和商昭寒聊起天来："哎，你说咱们要在这挣了钱，以后结了婚，还是回去好，这里气候没有咱老家的好，干得人嗓子疼。"商昭寒转身笑了："肯定没老家的好啊，你先在这好好干，我可以随时上山去看你，他们这有的矿工啊，一个月能挣近一万呢，比你在彭州三个月都多！”姜世圭欣喜道：“这么多啊，真好，哎，就怕去了不能总见你，想见你又见不到。”

商昭寒抚过他根根直立的板寸悄声说：“矿主都是要身份证件登记的，现在咱俩还没领证，不可能让咱俩住一起。这样吧，你先用我堂弟的身份证登记上，这样，我就能以堂姐的身份，名正言顺地天天去看你，对外呢，就说咱俩是一家子，这样一来，住一块也没人说。”“哈，真有你的，你说你怎么这么灵呢，谁娶了你谁算是有福了。”姜世圭从身后抱住她，她头上洗发水的果香阵阵迎鼻，甜蜜的刺痒。对于男人来说，清纯的果子爽口香甜，可唯有熟透了的樱桃，才能有馥郁的回甘。月色微白，一点点暗灰色从窗帘布的缝隙探进来，撞开无尽的迷眩缠陷。

“子桦，子桦，醒醒，要出发了。”商昭寒推醒他。姜世圭在惺睡中觉得好奇，扭身看她：“你，你这是叫我呢？”“是啊，从今天起，你要自己改变身份了，咱俩现在是姐弟，不是情侣了，这样以后啊，到了矿上也方便住宿见面。”“哦，想起来了，好吧，那我就叫商子桦了，哈，姐姐早。”姜世圭应着，迷迷糊糊起了身。

平城的初春与冬日并无不同，山路两边残雪皑皑，树上支碎的枝杈缝里，依稀透出荒疏的明蓝，是北国特有的净彻。路过的小面馆还是红蓝明艳的，商昭寒忆起来这一隅方寸小馆，却是令她脱胎换骨的地方。

那位叫胡文瑞的矿主很早就回来开工了，他换了件崭新的棕色貂皮袄子，一脸黑红，该是连天喝了大酒。先前半黑半白的头发被染成了纯黑色，黑得不近情理。商昭寒拉了姜世圭上前说：“哎，胡矿主，年前我们见过的，过完年我这不是回来了，看着这边矿工流动性也大，我弟弟也想着来这边工作的，这不是跟着我一起回来了嘛。”姜世圭支吾着跟道：“哎，老板好，我之前做过好几年民工的。能吃苦。我姐说这好，我，也就……也就跟着来了。”

那胡文瑞心不在焉间地回道：“哦，你是之前那个藏民的家属吧？他年前不是辞职了？这是带他弟弟来了？”商昭寒一时无处答语，呆了几下随应说：“嗨，哪里啊，您是误会了，哪里是家属的，我姨娘不是嫁了藏族人嘛，之前那个是我表弟，这个是我堂弟，都是弟弟，根线不一样的。”

“哦，这样啊，那，你做民工是在地上的，这可是在地底下的，苦得很呢，你能惯的住吗？”胡矿主一股子泄下肥圆的身子问。他那黑棕色的眼里，溢出种大醉后的痴顿。“呃，没啥区别，我从最基础的做起，学一下很快就能上手的。”姜世圭缓缓说。“子桦，把身份证给老板，要登记一下，你来了就好好干。我没事了就上来看你。”姜世圭忙拿了夹子里的身份证，抬了双手递过去，那流程和多吉下井报备时同样。只是这一次，下井的人谁都不是，偏是那远在川北的商子桦。

“你看看后边宿舍里有没有位置了，应该还有很多，你挑一张床去睡吧，明个呢，先从通风做起，熟悉熟悉环境，还是先看看你程度吧，看你适合做什么，之后再找师傅带你。”胡矿主随手扔了一张安全须知给姜世圭，他接到后连连道谢：“谢谢老板，谢谢老板，我一定很快上手的。”

姜世圭依了商昭寒的安排，找了一间暂且没人的宿舍住下，通铺上还留有两三只旧被褥。商昭寒选了一面靠窗的位置，悉心给姜世圭铺床：“我看啊，你就住这偏点的好，没人打扰你，能休息好，你不用下井的夜里呢，我还能过来陪你，多合适。”姜世圭看着她那温柔贤惠的样子，不禁抱住她说：“你怎么这么好呢，我也太有福了。”“哎，你可注意点，仔细被人瞧见了，以后啊结了婚，你后面的福气还多着呢！往后的福气啊，够你用的！”商昭寒笑着，一下下齐整过姜世圭的日应用度，陈放在窗台上的各个物件，好似仪式中的特种兵，列队工整，间距均匀，漫出严谨的冷淡。

简单进过午餐后，商昭寒哄姜世圭回宿处小憩，说道：“明天开始就要忙了，下午好好睡一下，以后你还要经常倒夜班呢，要学会抽空休息，你休息时我就过来看你。”姜世圭依了她睡去，一双散开的眼被棕褐色的睫毛严边合缝地关住了。

商昭寒转身多了一层红妆，眼角的烟蓝淡淡晕开，上挑的黑色眼线生出片刻妖冶，暖阳之下的侧脸，肤理中透出玉色，显得娇丽尤绝。她随下穿了双短跟黑面尖口鞋，行去多吉先前的宿处。

她开了舍门，立在门口，恰赶上午时休息，先前几位想要揩油的工友不料竟都在，数双眼睛直直盯过来，像镁光灯的逐聚。商昭寒来到里间一张床铺坐下："哟，一个春节没见，几位可是胖了不少的啊，回去让老婆们服侍得怎么样啊。看着应该不错吧？"其中一个名叫周德勇的瘦小男人说："像我们这种穷苦人，哪里讨得到老婆，在矿上能看看你也算知足了。"另一个叫徐驰泽的白胖子又说："哈，我老婆，我老婆看着都像我妈了，回家就是找个妈而已。"

商昭寒回头盯了眼院外，又转过头来低声说："呀，看把自己说的，瞧着你们一个个红光满面的，在这撒什么可怜呢！我这眼跟前啊有件好事，我寻思着，有好事不想着你们，还能找谁啊！像这样来钱快又保险的事，谁不愿意干呢！再说了，赚了钱不说，还能占着女人便宜。天底下都没有这么合适的事！"她与几位工友调笑着，吊在脚拇趾上的尖头鞋子，正一下下顺时针划圈，隐隐散出媚曼风流。

一个叫张俊的男人凑上来："呵，你怎么过了个年回来，突然变了个人，以前怎么找你，你都是爱搭不理的。有什么赚钱的好事？给我们说说噻。"商昭寒嘤嘤笑了笑，缓缓扫过一张张灰黄的脸。他们龃龉间啐着秘密，衬去空气出奇地静。明灿的白太阳被云层荫庇掉，天也跟着灰了，只剩下一线刺眼的光边，缓风一波波吹过去，推不动云朵的飘散。

一席密谈后的数天里，姜世圭日夜勤恳做工，商昭寒也依旧在面馆里苟活。不过，在他下井倒班的间隙，商昭寒总像是个孽魅的幽灵，不时就飘进最后一排的房舍，俏应着某位憩息一隅的男子，翘盼已久的邪念。

平城的春天来得有些晚，早前儿晚冬的残雪还没融化掉，枝杈上就等不及地挤出了稚绿的嫩芽，简直让人搞不清时色，天气渐渐暖和了，偶尔有莺燕钻进屋檐里筑巢。

姜世圭近来得到商昭寒照顾，平日里一应食宿都被打理得万分妥当。因他历来话少，很快就成了矿友们调笑的对象，不时就有人拿他和商昭寒的颜值打趣，尽说道："嘿，子桦啊，你说你姐长那么好看，你却长成这样，你们这一个家里的人，怎么差别能那么大呢？你姐是不是从小就在村子里人见人爱啊？一伙人追着跑吧？"姜世圭憨笑不答话，他心里晓得这不是长身之所，商昭寒的未来也只会属于他。

工友的倒班恰好促合了二人在暗中厮缠，姜世圭同商昭寒说："我这个月挣了不少钱，年底回家该带你出去转转，咱们去上海那边看看怎么样？以后结了婚，再去更南边。"商昭寒回道："你带我去哪里我就去哪里，以后就跟了你了，未来的日子那么长，真的是要过好现在的才是。"姜世圭沉默了，盯着这眼前的一春香色，摇不尽心头希冀。

通风工种属于初阶，姜世圭在彻底熟悉后，便听了商昭寒的建议，央了矿主要做更难的种类。那胡文瑞懒懒应了："那行吧，看你适应得还不错，就先跟着张俊他们做着，别的事抓紧上手学。"姜世圭点头答应，他的薪资由此又增了些。

张俊是平城本地人，算得上是矿工里资历最深的一个，他十几岁便随着叔父下井务工，虽说历练老成，却生了一张弱不禁风的苦瓜脸，颧骨凸出，眼窝深陷，远瞧过去，竟像是个眉山猴子的石像。只听他冷冷地说："小商，你来了也有一段时间了，我们这个虽是体力活，却也有精细分工的，像采煤机司机、支架工、胶带、 刮板运送机司机、端头管理工、电工、清煤工这些都不一样，周德勇和徐驰泽他们整天跟着我一体化操作，你要想上手快，真地要跟紧我们了，争取早点独立。"姜世圭只点头应着，他本就寡言，说不出漂亮话。

周德勇和姜世圭一样是四川人，黝黑瘦小，纠聚的五官拢到一处，有坏坏的谐感。而那徐驰泽却一点不像下井做工的人，长得白白胖胖，一张脸好似着了粉蜡，泛出烈烈白光。二人一高一矮，一胖一瘦，日日带着姜世圭上上下下，寻不见丝毫迟滞。

春末的晋北天气已暖，一番犁雨过后，空气中飘开栉沐后的芳馥。不过，那股子芳香像是点一下子就飞一样，才过了一时，转就腾起老旧的煤渍。那恼人的煤渍，闻上去呛刺刺的，快要染花人的脸。

张俊是个老将，见天里带着三个徒弟上天入地般忙促。这天，该是他发了兴起，和几个弟兄说："你说说咱天天在这山上吃大锅菜，真是没意思，一会到了地上，咱们下山整口酒喝，去尝尝子桦他姐的手艺去。"姜世圭忙回道："我也想着去呢，天天吃大锅熬菜也腻了，正好一起过去吧，她做的四川辣面特正宗。"

说着，四个人一同踏上了那间木质夹板的升降梯，无数个小铁环串成冗长的四面绳线，环环相扣，自相咬合，一点点拉着他们摇摇晃晃地往上升。铁链和轴承摩擦出刺啦的声响，刺得人胸淤气堵。许是一整天的劳作累了，几个人都是静默无言，只听着那一轮轮摩擦声制动间转起来，溢出刺耳的邪祟。

小面馆的生意时好时坏，当晚的客人甚是寥无。张俊进门后点了满桌子招牌菜，各色菜肴鲜艳，就要亮花人的眼。商昭寒里外间照应，不时与姜世圭眉眼流情。恰赶上店长姚远在一边吃独食，那徐驰泽便招呼他一起过来吃。他们五人围坐在厅堂中位，头顶上刺目的明瓦灯直直罩下来，打在头顶上，寻不出一点额外的斜影。

商昭寒躲在吧台后悄悄窥察，她觉得惊惧，身上泛出一波波细碎的豆粒。瓦灯下的每一个男人都与她相交甚欢，却又都与她相隔甚远。她感到自己被架空了，悬浮在天花板的缝隙里动弹不得。她借着强光，俯视这五人的头顶，这些个听命于她的躯干没有言语，也没有血肉，唯显得冷厉而顺从，像是一场强光探照下，僵硬而机械的梦。

待客人散去，已是近10点。她依旧心神恍惚，随后给张俊发了消息："今天你们都好好休息，明天下夜，我回矿区，等消息。"

商昭寒整晚未睡，她偷拿过姚远的一包烟，蹲在面馆前的台阶上，一根连一根地猛吸。浓重的烟雾吸进肺里，煞得人生疼。那烟雾又被一口口吐出来，混着背后巨大黑蓝的夜，三秒两秒就四下无踪了。唯剩下半轮白月，携过周旁耀动的星光，集体打探她的行踪。她感到越发晕眩，胸腹里翻浆暗涌般恶心。她觉得不安，闪身进了内室，随手闭了残灯，将自己吞没在无边的黑色里。晨暮一点点从东方破晓，紫蓝色的天线微微露出一丝灰白，商昭寒终于睡着了。

张俊的分队每周有三次值夜，工作时间从夜间11点到晨早7点。每逢夜班，姜世圭都要穿裹多一层的棉服，好似这夜间的井下要比白日里更加阴冷。他们在摇摇欲坠的升降梯子上各占了四面角，刺耳的声音有节奏地冒出来，催得人脊背冰凉。落地了，噪声顷刻间消失，深夜的井下静得过分，许是夜间乏困，没人愿意作声，阴寂的井下，完全远遁了尘世错杂。

不远处，一条通道中的白炽灯该是年久了，一下下闪出些微弱跳动的光。那股子光忽明忽暗，暗时，照得井下一片灰槁；亮时，又把壁面上突突峭峭的煤石群射得锃亮，整群高高矮矮的煤石影子，经过一番明暗错照，渐渐形成了一面邪狞的脸。

起风了，又是不眠的夜。商昭寒觉得冷，屈身缩进被子里，钻靠到姜世圭床榻的角落，还好有旁侧的两方墙面，简护了她的周全。她在暗夜里开着眼，看着窗外桦树的枯影随风摇舞，一条条扒在墙面上，飘飘洒洒、影影绰绰，随时要从中腾出个人来。

她心里忧惧，转身看着窗外。那静邃的夜看上去风云诡谲，一大片碎碎小小的斑块云，对中间那只浅白的月，形成了四边合围，直围的它进也不是，退也无从。只那么孤零零立在中点，远瞧上去，像是深井里望不见底的空穴。这夜，她不能睡，她要等晨早的第一声啼鸣。

生疏的人总在寻找彼此的频率，而亲近的人在一起久了，连话语动作都能时时撞见。时下里，姜世圭也觉得有些冷，便下意识紧了紧脖面上的围巾，那条炭黑色的围巾是商昭寒给他缝的，细密绵软，触不到内中丘壑。姜世圭只叹自己能力有限，像商昭寒这么温柔良善、白月光般的女人，理应有更好的归宿，而自己，受资质所限，不得已唯有卖苦力苟活。黎明的分晓一点点慢进，杂混了说不准、道不尽、匆匆溢去的烛年。

“子桦，你去紧头起那再加两米，加完了收工啊。”姜世圭远远听到师傅张俊在远处吆喝他，他应了一声，拿起工具去了通道的最里端。为成本起见，现下的开凿少了爆破环节，偶尔的人为作业，能使支出更为俭省。腾出的煤渍声声作响，有点呛人，大块的黑雾很快迷晕人的眼。姜世圭稍稍做了换气，凿数下、歇数下，他凿得有些倦了，却也依旧坚持，他心里想着商昭寒这个点该是醒了，再坚持凿个半米就回去休息。

他在黑茫茫一片黢黑中凿得天昏地暗，心里愈发觉得自己还有无限攀爬的可能。黑蒙蒙的煤灰溢过头顶，每一口呼吸都是撕裂般的疼。他只觉得晕眩，不禁地浮漂起来。忽地，一下爆裂般的剧痛使他整个人都蒙了，渐缓过三秒，朦胧的意识提醒他出了意外，应是被身后的某个煤石击中了。他身子发软，不禁就跪倒在地，费足了气力翻仰过身子，竟发现那黑浑浑的空气里，飘飘站了三个俯视他的影子。他看不清那些脸，几秒过后，立身中间的那个，手举了大锤砸过来……

先前的剧痛趋渐消失，姜世圭觉得自己飞了起来，似是一股子烟气。那三个熟悉的影子在他身下静站着，随下又屈过身子，射开强光，反复窥照一张血肉模糊的脸。姜世圭顿了顿，那面目模糊的人他辨认不得，唯有那条熟悉的炭黑色围巾，依稀萦绕了一丝魑魅的情愫。他想大吼，却又无处发声，只看着那三个影子嘀嘀咕咕地摆布了一地的碎石块儿，随又将地上的人拉了出去，只留了一地的煤屑。

早晨七点，井外的天色仍是灰旧的蓝。平城的这寸郊区还未全然苏醒，方才破晓了第一声嘶鸣。几个浑身黢黑的男子从那四方井口里跳出来，嘶吼："出事了，出事了，三层冒顶了！三层冒顶了！子桦没了！子桦没了！"那三股子泉眼的狂吼一浪高过一浪，听得人抓耳挠心。院门口的土狗停在原地，垂了尾巴愣顾这般荒诞，它不禁支了侧耳一前一后地晃。商昭寒蜷缩在姜世圭的床角，瑟着身子颤抖不止，她那平日里柔情缱绻的一双眼，此刻硬成了标本，无神无意，唯只衍出两条深褐色的沟痕。

张俊猛地撞开了胡文瑞的门，三张乌了嘴的脸上气不接下气，听得人云山雾罩，不着边际 。那些黑黢黢的脸，足衬得六只黑白分明的眼，更显出稀薄。胡文瑞怔怔呆坐着，随又立了眼呛道："先别喊了，先去把井封上，赶紧把大门也关上，这事谁也不准对外说！谁说了谁直接走人！"他突突挑起的一边张飞眉，将整个人都撕扯起来。

胡文瑞思了思，起身去了不远处的那口立井。井口边上挨围了三五个工人，远远就听见商昭寒哭丧着遭遇非命的堂弟，一轮轮地哭喘，直要撕裂人的耳朵。她挨不过气地涕泣，泪珠子吧嗒吧嗒砸在姜世圭身上："子桦啊，姐没看管好你，我回去怎么和大爸交代啊，昨天还好好的，今天你就没了，大爸不得恨死我啊，子桦啊，你醒醒，你醒醒，子桦，你跟姐说句话啊！"

胡文瑞上前支开了围观的工友，商昭寒眼见矿主近身了，直冲上去跪抱央哭道："胡老板，我一家子命苦，忙忙叨叨地偏赶上这出灾祸，这可是我亲弟弟啊，井下冒顶是责任事故，是工伤啊！您可得负责啊，您可要给我做主的呀，我家里现在全剩下女人了，不能没这个弟弟的，我总共就这么一个堂弟啊！"

她一面哭，一面抓着矿主的裤管反复滚揉，扯得胡文瑞愈发地惶急，急忙命人搬运走姜世圭的尸体，狠狠甩腿一步啐了道："你别喊了，喊得所有人都知道矿里出事了，闹得满城风雨，最后搞得上面人来查了，把矿封了，你就满意了？这事别往出说！还有你们几个，别在这看了，看热闹不怕事大啊！赶紧先给我回去！"

风住了，歇下脚来听察室内激烈的腾辩，商昭寒眼下那两道黑紫的痕迹垮垮垂下来，她哭丧道："我弟弟是在你矿上死的，你这冒顶事故就是责任工伤，出了人命就是得赔偿的。赔不了人命就赔钱！这事你躲不过去！”那胡文瑞躲躲闪闪，不置可否，他似乎越发的嘴紧，抽不出一粒油水的补给。

太阳徐徐升上来，照去晌午的天色鲜莹明洁。那是晋北四月的艳阳天，小风吹了沙簌簌的柳絮子横斜乱迸，像是总也找不到终宿。许是方才的声噪过于喧乱了，这一片荒芜地段，独剩下个孤零零的井口默生生立着，仓促而落寞。

商昭寒气不过，给远在阿坝的侄女、外甥女一一下了调令。仅过了一日，那几位想着有利可得的亲戚，便连同商昭寒一起聚到了胡文瑞的寝舍，一张张利令智昏的脸，像是不断狂吠的兵器，没有一点人的生气。那些个眼睛黑白间立，毫无对死者的怜惜，直喊着丧命赔钱，天经地义。

胡文瑞被这恼人的声叫撞空了，蒙顿中觉得怪异。眼前的每个人都像是暗夜的巫灵，只喊着讨要高价赔偿，却不见有一人对至亲有丝毫追问。他不禁周身战栗，移脚冲了出去，跑到后室掀了子桦的覆盖查看。那作古之人五官已是难现了，整张脸不见人形，可那躯干上的一套齐整装束，却寻不见同等程度的折损。他觉得惊怕，头目像接了惊雷，泛出轰裂的疼胀。他再次冲了出去，站在正午的日头下瑟瑟发抖，只觉得人心不古，阴阳易位。他定了定神，随即拨了报警电话。

黑压压的警队带走商昭寒时，她仍在咻涕着子桦的逝去。那套台词明显是太过单调了，一遍遍在耳旁复述，像极了疗养院里得了呆病的遗老。

法医经尸检后认定，“子桦”前脸及后脑的伤迹均为钝器所致，故而属故意伤害案件。而先前谎报冒顶的张俊、徐驰泽、周德勇三人被追认为犯罪嫌疑人，他们在提审中共同咬出了商昭寒。铁栏外兴冲冲的光头检员甩了姜世圭的死亡证明到桌上，正喝道：“商昭寒，你快别装了，你演得累不累？你的队友们都帮你招供了，一切都是听你调度分配的，你可是真有本事哈，你再在这装，只能是浪费大家时间。这人根本就不是你弟弟，也根本不叫商子桦，这人到底是谁？呵，你这做姐姐的，你哪来的这么多眼泪啊，表演学院毕业的？”商昭寒仍是不住地哭：“人不是我杀的，我当时不在现场，跟我没关系，人不是我杀的。”她在那顶探照灯的探视下，周身散出鬼祟的冷光，整个脸面被照得变了形，羸弱中露出狰狞。

那检员立身硬吼道：“你承认这是杀人了！”商昭寒无话回应，她仍是哭，眼泪像是注了水的流线盆栽，不间断地内外循环，洒出她特有的纯白。平城法院在十个月后给出了最终判决，商昭寒和另三位从犯均为极刑。

多吉的病又重了些，整日里卧病在床，只有药物和米汤进灌。他得知了商昭寒的判令，几天几夜里不能睡，随又拉过才让说：“孩子，你分考得这么高，你很争气，没让你妈失望，你妈说到底，是为了咱俩成今天这样的，你也不能怪她。”他颤巍巍的声音连带了咳喘声更显得沉郁，才让给他递了些白水过去，他喝下歇了歇又说：“等第一批志愿下来了，你去看看她，给我也带句话，说我挺好的，就快好了。让她别惦记家里。”

人一旦知晓了生命限期，余下的每一天都是屈指。转眼到了八月，一年中最聒噪的时日，监舍外的一方景貌，正随着节气的更替慢慢蜕变。才让挨过了高考的追测，渐渐褪去脸上的青菜色，他暂别了病重的父亲，拿到中国人民公安大学法律系的录取通知书北上寻母。

商昭寒剪了立整的短发，眼中少了些往日情致，有些显老。才让将那蓝白色的录取通知书立开，隔着玻璃对向她。应是受了严格的狱警训练，商昭寒只是直直僵坐在那，她不敢碰手旁的听筒，也不敢开口讲话，一身明橘色的狱服，被做得标标正正，衬得她像是个无声的音符。

这一册白晃晃的录取通知书，映得人面红心软。商昭寒对着年近20岁的儿子，发不出一句言辞，她只是抵住头笑，笑了，又哭了。直到狱警因时限临近，再一次走进来，扶着她飘逝在铁门的拐角处，不回头地遁了。

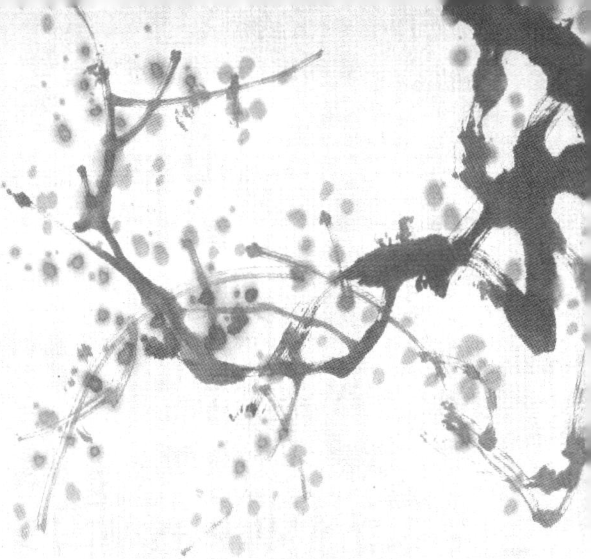

分逝

红城冬夜的街亮着黄刺刺的华灯，雾腾腾泼了一眼，看上去星光熠熠，可摸上去却是冷的。灯把落荒般的街道摆得疏疏斜斜，像龙舌兰里冰块的浮影，冰块一点点化掉，变成一汪黑墨。街面上的小酒馆里觥筹交错，一边的校园里还剩下几盏白灯，汽车的笛鸣声远去，街边有醉酒的男女哭笑放肆，仿佛都不曾真正存在过，唯剩暗夜风。

易知豪的家住在红城中心公园边的横街上，那排树蔓密集的区域，是当地官宦人家的聚集地。他曾凭借一支笔从文员队伍里脱颖而出，因经手过多起大案要案，又亲自牵头了高新技术区的商业开发，一路晋升至公安局主位，并成为新任的市人大代表。孙女易子媛正与祖父母吃晚饭，她算是吃惯了爷爷的手艺，今天的清炒生菜、冬笋里脊和小炒豆角都是她的最爱，易知豪是家里的一号大厨，算得上是家里家外一把刀。旁边的电视机里传出来伊拉克战争的实时新闻，闪闪的光打在暗色红木罗汉床上，映出缓慢的微光。不多时，又是天气预报的背景音，不消多问的音调，日复日累过积年。

易家的颜值都属上等，邻里们常打趣说：“哟，看人家易局长一家子，都是好眉好眼的，一家子都是好基因！”易知豪是个文官，凹陷瘦削的脸庞上嵌进一双精亮的灰眼睛，他的瞳仁外常年泛有一圈子微白，瞪圆眼的时候，满是小孩子般天真的疑问。这一副长眉长眼下是端立的鼻子和周圆的嘴，他的耳朵长得奇特，宽大薄软，贴到后脑沿儿上。右边的耳垂里藏了个圆硬的小疙瘩，兴说是小时祖母把他当小姐养，用小米磨出的耳洞，成年后又长住才留下的耳记子。因早年伏案工作，易知豪染了极大的烟瘾，常年的尼古丁刺激，使他整个人瘦得皮包骨头，加之这些个年头里又得了肺气肿，日常里是一动就喘，不动时也常能听见他背胸里的层层沟壑，像是满腔的怨怼，找不到合理的宣泄。

易太太姓祝，刚刚退休，做了一辈子语文教员，身上依稀带了点小知识分子的刁蛮。炯炯的黑眼瞳里，照出她年轻时大美人的样子，这祝絮洁的脸长得极标致，水杏眼柳叶眉，细圆鼻子，小薄片嘴，一张脸全然不似北人模样。易知豪自言了句："这海湾战争啥时候是个头啊，伊拉克人可真不容易，成天到晚地打仗。一打打了快20年！""哟，人家打仗，跟你有什么关系？你这自己家里一亩三分地的战争还没弄明白呢，还有空操心人家！瞧你这呵喽喘子的样，平时里没动静，一吃饭就喘，故意整这声儿给谁听呢！"祝絮洁瞪了他一眼，噘着嘴打量他，她那嘴角边上的一颗小黑痣跳着，缀得她又多了一点酸气。

易知豪只得低头作罢，给孙女易子媛又加了一勺子生菜，便低声问："小媛作业写完了没，赶紧回家去，别晚了，要走就早走，要不走就在这住，晚了不安全。"易子媛继承了祝絮洁的基因，一双黑眼睛里总藏有各类情绪，她算是易知豪晚年的心头疙瘩，时时被祖父宠溺。有时候是"我儿，我孙儿"，有时候是"我的命根子"。

祝絮洁喝净了碗里的白米粥，对易子媛说："小媛，再去给奶奶盛一碗。”易子媛刚起身，易知豪就伸手按下她对祝絮洁说：“今天的米我放得少，锅里都盛干净了，我这只吃了一点，还剩这么多呢，都给你吧，要不然你晚上还要饿。”“呵，我吃你的？！我还不够嫌弃的，你的剩饭给我吃，打发乞丐呢！你也说得出口，你也好意思！”祝絮洁斜了眼回了句，随后掷了筷子到桌子上，又立身起来，慢悠悠挪着步子到厨房里洗碗。

易知豪半晌里无话，只得闷头把碗里的米粥舔净了，头上的白炽灯光映得他两腮的颧骨锃亮，使那脸颊的凹陷更深了些，直映得他疏瘦现骨，丘壑分明。时下再应了股子呼呼的喘息，又是一片肺泡的泣诉。他慢慢起身到了厨房，打开冰箱柜子，拿了几颗冻草莓出来，想着易子媛平日里爱吃，就窝在暖气底下温着。这时，祝絮洁转身回到客厅里，那不听使唤的腿脚，不经意地划开了暖气底下的玻璃杯，催地那几粒草莓滴溜溜滚了一地，像极了舞会的开幕式，落了个满场开花。

她大声呵道：“大冬天的拿这个出来干吗，想故意绊我！”

“别在这整天没事找事啊！谁要故意绊你了？小媛爱吃这冻草莓，我这是给她温着一会吃呢，你又在这发什么脾气！都是当奶奶的人了，还这么刁钻，让孩子怎么看你呀！”易知豪蹲下身子把那草莓一一捡起来，用水冲干净，汩汩的水流急急喷出来，跳到手面上，凌厉地、尖刻地冰凉。又听祝絮洁带着的气声音遥遥飘过来：“切，也好意思说给小媛吃，也不知道心里惦记谁呢，留着你大闺女好不容易给你买的那几颗草莓，还假装说给小媛吃。我看你啊，就是想拿这东西故意腻歪我！”

易子媛草草吃了只冻草莓，鼓着嘴走过来哄祝絮洁说：“奶奶别生气，爷爷对你最好了，怎么可能要故意绊倒你呢！”

“呦，对我最好？你爷爷啊，就知道天天惦记他那两个闺女呢，他心里啊，哪有咱们的分儿，一点好吃好用的，恨不能得留着过期了，都要等着她们上门来拿！”

“没有的，爷爷对您多好呢，什么事都不是端着您，先紧着您呐！”易子媛虽才13岁，对祖母的心事却寻得仔细，她的那两个说亲不亲的“姑姑”，是祖母一辈子的心头病。

祝絮洁瞟了易子媛一眼，浅笑说：“对我好？他是觉得骗了我一辈子，他心里有愧！有好东西给我留着？哼，你爷爷啊，那就是两袖清风的清官！胆子小得很呢。”

听了这话，易知豪直接闪进客厅，顺手提了易子媛的书包，遣她回家去。送易子媛出了门，还不忘叮嘱一句：“你赶紧回家去，天黑了，进了家门给我来个电话，赶紧回去。”

易子媛回头说：“您快回去陪奶奶吧，不用管我了，我走一会儿就到。”她手里的两只冻草莓，冰在手里一点点溢出水来，穿心凉地刺激，催得人兴奋异常。易知豪看易子媛拐过了街角，方转身回去，闷了股子胸气直进了自己的卧室，关门拧开了床头的小电视，一屁股扎进四方桌面下的一只小圆矮凳上，调到CCTV12频道，乐滋滋地跟着律动的曲调恣意摇摆。

那只暗褐色四方桌子还是老旧式样，宽大齐整，厚密沉闷，将他完全围困住，是任谁也攻不进来的一亩三分地。

大客厅的使用权从来都是祝絮洁的，她一边斜靠在罗汉床的一面，一边吃着零食看《蓝色生死恋》，该是常年嗑瓜子的缘故，她左侧的门牙呈现出倒V字形模样，更添了点美人迟暮的俏皮。按理说，罗汉床应是两人合坐，可如今换了祝絮洁一人独霸，竟注了些老佛爷理政的傲娇气。

韩国剧嘛，催泪煽情总是主流，祝絮洁一面感动着剧中少男少女的纯情绝恋，一面叹惋自己唏嘘无力、被坑蒙拐骗了一生的婚姻，想着想着，就不由得嘤嘤哭起来。易知豪半途里出来上卫生间，看到祝絮洁正跟着剧中人掉泪，便上前劝道："哎呀，别哭了，别哭了啊，电视剧里啊，那都是假的，都是编的！"祝絮洁听了这般劝反倒是哭得更凶了，回说道："假的？就算是假的，起码人家没有欺骗，没有谎言！"

易知豪一听这话，想着说了几十年的车轱辘老话又要向他滚滚而来了，就赶紧转身回了里间，继续听戏去。这女人啊，全靠顺意，何以解忧，也唯有听戏了！现在的这出《牡丹亭》刚刚开演，杜丽娘和柳梦梅还未相见，少女特有的娇嗔平静，声声婉媚间啐得人心安。易知豪不会唱昆曲，只得跟着字幕逐一出声念过台词。这方桌下的数尺一隅，也算得上是他近四十年的婚姻里，唯一的安稳。

剧情稳稳推动，杜丽娘正要慕色还魂，只听得声音忽地震耳欲聋起来，吓得易知豪一屁股跌到了地上，探出头来一看，只见着祝絮洁穿了条红艳艳的短裤，白惨惨的背心在一旁高高直立，一边手还拿了遥控器指了他说：“这大半夜的，快十二点了，还不让人睡觉，电视调得这么大声音，还要不要人活了！要开就开到最大声啊！来来来，我给你开到最大，让全楼的人都听听！”易知豪只得作罢，缓缓起身把电视关了，说道：“你说说你，弄这么大声音干吗，说叫我调小点不就行了，吓死个人了！”祝絮洁看电视关了，抬手扔飞了遥控器一溜烟就转身回去了，她的腿脚时而滞钝时而灵便，分不清啥时好啥时坏。

待她出了门，易知豪又踮了脚尖悄悄跳到电视前，因心里惦记着汤显祖的一个最后交代，便又偷偷拧开了电视。一时间，刚才的巨响又来了，他瞬间把声音调到最低，待静声后，又放了一线声音出来，随下闪身关了房灯，钻到被子里斜眼瞄过去，他也只得这样，在另一个时空里，寻些个心灵寄托。中夜的月光银沙般斜斜洒进来，照到他脸上，一半黑，一半白，中间因瘦立的鼻子阻隔，颜色有了明晰的分界，却又显现一丝隐秘的诡谲。汤显祖的故事还没讲完，被角边却轻起了鼾声。电视里闪出一波波荧光，白的，粉的，蓝的，扑扑跳到他脸上，一闪一回，没了声音，只剩渐变色。

六年的时间说长不长，说短不短，老易退休后的生活似乎只剩下了重复和平淡。这一年的大暑来得有些早，高倍的日头照得楼面的红漆都断了色，仿佛不记得它们也曾年轻过。藏在槐树里的知了提前叫起来，震得人耳骨发痒，连带树下的狸花猫都迷了心智。

易知豪不知不觉已到了七十出头的年纪，本该是颐养天年的光景，却变得越发沉默了。夫妻两个早就分了房睡，可一个屋檐下的争执却还是不见少。他褪去了几十年的忍耐和宽容，变得步步进逼，不再礼让，人也更是消瘦了。都说这七十三，八十四，人的大限似乎也总有定数。这天老易突然变了个人，一口气吃下六个香蕉，十几只河虾，再不见了往日的孱弱，竟有些健步如飞起来。祝絮洁见这势头，不禁捏了嗓子叹道："呵，这是怎得了，喘病竟一下子全好了，难不成之前都是做戏。切，你这戏演得可真是像！家里家外都在骗，连病都是在骗！"老易听了这话气得头涨，直叫道："谁家里家外都在骗了，一点破事能说一辈子，你也真是闲的！气到我这一身的毛病，我看你巴不得我早点死了干净！"祝絮洁直恼了回叫道："可不是咋的！早死早超生，早点到了那边啊，继续施展你的骗术，多骗点好上手的，到时候经验足了，再次投胎也方便！"

老易虽说早就习惯了她的尖刻，可这一番关乎生死的咒怨，却让他气得直哆嗦，当晚便血压高飙，头痛欲裂地近乎昏迷，外加常年的肺心病成疾，血氧一时低到谷底，连指甲盖儿上都着了层脏腻的蓝紫色。祝絮洁看这架势也着了怕，随下便通知儿女把老易送进了ICU病房。

人常说："回光返照，残灯复明。"祝絮洁的那一句讥刺，不想竟成全了一对冤家最后的告别。易知豪在入院后的第

14天，七夕节的凌晨离世，他一生的风光和隐忍，也不过消失在呼吸机浅浅的红色平线上。当晚儿子易建彪接到了一个女人的来电，只听听筒一边的声音说：“建彪啊，打扰了，我是你徐姨，打电话是想问问，你家里最近还好吧？”易建彪因情绪崩溃而说不出话，没做什么回应。那边静了静又说：“我呀，常年里都没梦到过你爸，想着他应该也过得不错，也不好去打扰，谁知道今个凌晨，突然就梦到他来家里了，穿着一身警服，脱了帽子就那么直愣愣站着，像是个照片一样，一会就没了。还是想问问你，你爸，怎么样啊？”易建彪这下更是难过，回了句：“呃……谢谢，谢谢您惦记！徐姨，我爸……我爸早晨刚去世了，医院里住了半个月，也算没受什么大罪。”那头半天没做言语，沉默了一会后，又叮嘱一句：“我知道了，那你先好好料理后事吧，有什么需要帮忙的，记得给阿姨说一声。”电话挂了，响起嘟嘟的忙音，是凝滞的死寂。

久不来往的几个亲戚一时聚到了祝絜洁身边，本想着安慰陪伴，却唯听她一再怨责：“不可能吧，走的那天我看他还精神得很呢，一点没喘啊，那腰板挺得溜直！看他还能吃能跑的，这不过十几天能就这么过去了？要真过去了，那也是他啊，骗人的事干多了，报应，那是他福薄！”

亲朋中有一个窦奶奶，是易知豪前任领导靳局长的太太，几年里和祝絜洁走得频密，算是她女伴中最有主意的一个。窦太太做了多年的领导夫人，一头染过的黑头发衬了脸面更是白净，她双侧的眼尾边上看得见一层细碎的皱纹，像是夏夜里池水上的波纹，双向下垂的眼睛漆黑明亮，坚毅中带有择定。她探身向祝絮洁说：“别这么说，老易对你可是百分之二百的好，我们都看在眼里，他刚走，魂儿还在，话可不能这么说的，他啊听得见！”祝絮洁也立直了身子回道：“嗬，听得见怎么了，难不成，我还怕了他了！他住院后我也过去看了他了，我是仁至义尽！”窦太太看她只有愤怨，也只得闭了嘴。听说易知豪走前几近昏迷，也没留下什么话，只有儿子易建彪在身边，小女儿秋矾是刚出医院门接到通知的，没见到父亲最后一面。

“人到七十古来稀”，老易活得年岁虽不大，也算是过了七十，因而他这一门丧事儿，算是喜丧。先前的老同事、老部下、亲戚六眷来了一波又一波，塞满了整个客厅，喧闹熙攘，不见一个闲人。燃尽的香灰溢出矮硕的暗褐色香炉，零零星星地洒在桌面上，找不到正经归宿。黑白遗像上是易知豪年轻时做文员的样子，脸面比年迈时少了些纹络，却也是一样的“骨瘦清奇”。相片两边立了两根粗笨的红烛，烛上印有一双龙凤，一左一右分至开，体态变幻，周体镶了金辉色。那金色随着光焰一点点融化掉，化作缕缕黑烟，又不知飘去了哪里。两只火苗呲呲跳着，忽忽闪闪，晃活了他的一张苦情脸。

红城的天气没有秋日，常会有不经意间的乍暖还寒。刚刚才是漫夏的长夜，忽地就急转至冷瑟的冬寒。这天气似乎也是乱起来没得选，足像是易知豪被父母安排的前半生，看起来夏不像夏，秋不似秋。

老易不上17岁便有了头婚，妻子是父亲发小的大女儿，大他七岁，名叫徐惠利。那徐惠利生得高壮，暗赭色的脸上常年泛着红刺刺的光，两点双眉不成形状，稀松间散开，散得小心谨慎，却还是罩不住一双怯生生的丹凤眼。她眼里时常闪避出不安和局促，矮墩的蒜头鼻子下是整厚的四方嘴，间隔地发出“好的，行，哦，我知道了”等的闷闷之声，一副典型得不能再典型的北人模样，外带些憨钝、板滞，有着村妇常见的朴拙。她话不多，人却极勤快，自打嫁到易家，便是日日里五更天起身，照顾一家老小的吃喝用度，对小丈夫易知豪更是百依百顺，体贴得无微不至，从里到外把他打点得像个晚清少爷。

看着儿媳妇这般温顺贤惠，老人们自是一万个欢喜，易知豪也是挑不出毛病。可他嘴上虽说是一百个尽意，心里却愈发觉得不对劲。这徐惠利从头到脚都没有个小媳妇该有的样子，反倒是，更像是个年长的保姆，十分的称职、十分的体贴、十分的周到、十分的细致，却也还散溢着十分的——第二娘亲的味道。

易家因祖上有翰林院学士做衬，一脉书香传下来的笔杆子定然是出彩的。这灵气传到易知豪这虽少了些惊艳，却依然能远傲县城。他不费功夫就考进了县城的公安局做文秘，一做就是五年，这似如磨盘的时间一轮轮飘过去，平淡的岁月也跟着走远了，也似乎只有逐渐长大的孩子们，还能反照出一丝光阴的痕迹。几年里大女儿易凡新，二女儿易新茴依次出生，一个四岁，一个一岁。女儿随父亲，两个女儿都生得齐整，尤其是易凡新，周正的脸上找不出半点缺憾，唯独在这四四方方里，少了些女孩子的娇柔气。许是母亲感染，她身上越发生出点探春理家的豪迈。

文字工作最怕灵魂枯竭，所谓的鼓瑟和鸣也不过一个梦愿。易知豪深知自己需要一个知己，一个知音，可在这红城边界的区县里，此般穷秀才遥望红袖香的祈盼，定是看不见前路的。这般没有首尾的日子又挨过了几年，大女儿易凡新上了小学，易知豪也凭借一支笔，常有文章见报。他成了公安队伍里的宣传标兵，不久又被市局里的领导看中，调整到市公安局里做材料员。此时的易知豪青春志满，正是得意，终于是要跳出县城寻找新生活。

那段时间，他满脸都溢着明朗和喜气，那，该是少年特有的蓬勃。不过，他的勃发似乎衬得徐惠利更显老态，因满日里伺候丈夫公婆，她不上三十的脸，因疏于打理，看着竟像是个老妈子。易知豪心想："老话说得好，三十年河东，三十年河西。以后的发展现在谁都说不清，搞不准哪天发达了，在仕途上平步青云也是有可能的。这门子封建娃娃亲，说出去终究是上不得台面，不好看。反正啊，除了生孩子，和那位大姐也没什么话说，将来的生活，带不带她们进城，也不会有什么区别。"

几番思虑过后，易知豪收拾了行装，还是带着妻女一同去了红城。比起大好前途，他也不得不尽一个父亲的责任。此方科尔沁草原腹地，正值中伏，绿莹莹的青草长到一人多高，极目掠过去，是绿色的一片海。草海边上现出一面油黄，那是属于油菜花的地盘，大片大片的金黄色摇曳竞异，远胜过一个世界的明艳。

这是徐惠利第一次出县城，红城的宽街宽道扯得她心里越发敞亮，她拉过易凡新说：“哎，新儿你看看，咱们跟着你爸出来就对了，这大城市啊就是不一样，以后啊，你俩还能在这上学。”易凡新和易新茴这姐俩一热一冷，姐姐外向活泼，妹妹缄默沉静，家里的话像是都被易凡新说了去：“哈哈，那太好了，以后等新茴也上了学，我这来回路上就不用一个人了！”易新茴看着姐姐咯咯直笑，冒出尖头的小白牙齿泡在牙床里，是含苞待放的花骨朵。

易知豪说：“哎，你先别和孩子们说这个，这还没定下来能在哪上学的，不能这时候就下结论。”他的平静有些出奇，好像一切已有前定。一家四口缓步行走在紫红色的烟暮里，空气里浸过泥草的甜香，鸟雀吱吱鸣叫，熹微的霞光斜斜地把人影拉得细长。

他虽说平日里讷言，正经事上却不缺圆滑，不过几天，便活络了局子里管事的人，在不远处的齐嘉街胡同安下身来。不久后又因业务过硬，很快晋升市局政治部副主任，成为年仅二十六岁的科级干部。顺意之时的易主任虽是谦和，心内却不免暗生骄狂。一切让徐惠利看在眼里，难免有些焦虑，便不时地提醒他：“你刚刚升上来职位，可是要小心的呀，该拿的拿，不该拿的别拿，可不敢让人抓到什么把柄！”“你可别在人前露才，别让人知道你肚子里有几两墨水，小心人家看你有前景，免不了要给你暗中做绊子！”易知豪听着觉得烦闷，只做嗯嗯两声，不再回应。

一日三餐徐惠利都是换着法子变花样，给他收拾得周体匀净，面色红白！作为政府的宣传要员，免不了要在文字功夫上做文章。领导层为提高局里这几支笔的材料功底，开始定期派他们到红城的师专听中文课，每周末的中文课和政治课，渐渐成为易知豪的惯常。师专里都是20岁上下的年轻人，男生大都剪了四方平头，女生多是梳着两边散开的麻花辫，或留一顶齐耳短发，直线的刘海儿长至眉心，盖住下方饱满的脸。校园里是清一色蓝白相间的校服，虽说素淡却也清新，易知豪常自想，这才该是年轻的样子。

平日里来上中文课的是一位姓顾的先生，年纪不上六十，是大学里退下来的老教授，常年穿着藏蓝灰布中山装，足像是机关里的老干部。顾教授每次上课，总要带上个姓祝的学生，那是他在这届学生里寻见的专业样貌最出挑的一个，名叫祝絮洁。

祝絮洁今年不过19岁，因父母把县城的豆腐坊生意做得远近闻名，她身上总带着点城乡合营的资产阶级小姐的优越感，该是一向养尊处优惯了的。祝絮洁看上去比实际年龄还要小，雾翠的一双眉黛下，是水盈盈的一汪桃花眼，双眼内扣，有点洋人气。因说那祝絮洁上祖奶奶一辈儿有柔然血统，故而在她这一辈儿的眉眼里，还依稀留了点纳罕的异域风情。也因这一点不一样，足以形成了她的特别。难怪师专的教员们常常叹异说，祝絮洁的睫毛，眨眼间一飞一飞，能撑住沉甸甸的火柴棒。

清一色的教员里，有一个叫许乃夫的，七尺身高却生得羸弱，头发打理得油亮规整，柳肩细背，走起路来像移动的豆芽菜。他总能在饭堂里和祝絮洁打照面，且常是直勾勾盯住她，眼里满是羞惧，有几次看了她一眼就别过头去，酒瓶底儿的眼镜里，数道光边层层跳闪，闪红了粗糙的半张脸。照面打得多了，一来一回的言语也多了起来，许乃夫不时会递过来银铁餐盒子，西红柿黄瓜圣女果，当季的时令蔬菜橙红莹绿，濡濡打湿人的眼。

比起南方腻嗒嗒的湿热，夏末的红城像清凉的薄荷酒，打杯底里沁出澄澈。甜腻的伏天热腾腾挨过去，徐徐漫过来苦艾般的爽利。又是周末了，易知豪照例来师专上中文课，还没到立秋，校园里的学生们早晚已着了层薄外衣，全一色的简洁款式，隐藏住盛夏的豪烈。扫眼看过去，晨起的校园是一片流动的白蓝。他的两个同事郭松年和曹栗田早已到了，照例是最后一排的位置，确是最合适的安全。

窗外摇来嘤嘤的预备铃，遣散开零落的一片影儿，唯剩下几棵耸立的白桦亭亭自立。树间缝隙里兀然闪出一点亮白，是那祝絮洁走过来，乌云般的中长发遮住半张脸，藏青色的校服裤子宽大摇曳，像不成形的布裙，推着她近靠而来。她放了厚厚一沓子作业本到讲台上，分了三摞，一一发下去，走到最后一排，发现三个生疏的面孔，呆了下说道：“你们是在职的学生？课下自己来和我领作业本，顾老师说了，以后你们每周也得交一篇作文上来的。”几个在职的学生溜圆了眼盯住她，透了欢喜的稀奇。许是因为害羞，祝絮洁嘴角上的小黑痣呼呼颤了几下，娇杏儿眼中溜了一边清水微白，轻轻一扭头，阳光打到她鼻梁上，照得那尖立的小圆鼻子，更多了纯真。她没待他们回应，急急扭身回去了。

顾教授进来，依旧先是规矩的一通板书，今天的课题是左思的《三都赋》，粉笔刻在灰暗的板面上，发出尖薄的凄厉。易知豪没晓得自己已呆坐了半天，直直看去前方的眼里找不到丝毫情绪，一旁的郭松年虽比他大三两岁，却仍旧是个调皮鬼，他压低了声音问道：“嗨，你这是琢磨啥呢，涨得一脸红的，看到美女眼睛都直了啊！”边上的曹栗田听了这话，也跟过来凑热闹，掩住头浅笑说：“哈，小伙子，别这么正襟危坐的，放松点啊！”

易知豪呆了一脸滞涩回道：“什么乱七八糟的，谁正襟危坐了，明明看着我在听课！”他侧眼看到两人偷笑，换过口气方软了背脊平静下来，却又发现心里有个小指头一直飞快捅他，催得他忍不住要调整呼吸。窗子外的喜鹊叽叽喳喳一阵子乱啼，老旧的骈文像沉厚的墙障，隔绝掉涣散的意识。他开眼从众多个背影中射出去，打量坐在第一排的祝絮洁。窗子外的光柔柔地打在她油黑的发面上，腾出一圈子银白，颈项底下的衬衣领映出温莹的明亮。她竟像是与整个空间都分割掉了，是夜半里晦暗的街面中，独独飞出的一圈子白光。

祝絮洁就这样，好似一个不合时宜的异类，呼啦啦撞进易知豪暗败的青春。易知豪像是上了发条的机械表，快进了连年的沉郁，突兀间踏上了红粉色的末班车。他利用每周交作文的机会，往作业本里夹塞各样的信纸和干花，那干花像是着过色的模样，是时间的记子——

疼痛抑或悬望

我无数次走近

彷徨在晚春的尾声

你无数次远避

徘徊在早春的藩篱

我不曾真正走近你

因你的美丽太过疏离

你也不曾真正走近我

因我的哑语难辨明晰

无言之叹 忧望之思

只可这般 消逝掉岁月的错位和乖离……

因他笔杆子硬，又赶上一个推崇文史哲的时代环境，一来二去，不到二十的祝絮洁就上了他的船，她不由得对他产生了极大的心灵依恋。

易知豪除去周日上午的规定课程，下午多是陪祝絮洁在市区里闲逛，夏末的清凉催人迷醉，高暖的太阳光烤干人的头顶，留下压马路的一双斜影。他深谙少女心思，常带着祝絮洁买街边的吹糖人，晚市里的清爽衣服，看公园里的艺人耍猴戏。这个周日，他驮了她去到郊外，看明长城故址，兴说那段城墙是明成化二十一年所建，算是明长城最著名的关口之一，远瞧上去巍峨雄健，回护过一方池地的周全。

他停下黑铁二八自行车，从背包里拿出S1型东方照相机，为祝絮洁拍照，祝絮洁拘谨中留下一个羞涩的笑容，好似刚刚绽开的白百合。她上前一步寻觅相机里的造影，却遭到了易知豪的戏弄："这都在胶卷里藏着呢!这会看不了，小心看眼里拔不出来了啊！来了就得好好学习，回去先写出一篇游记给我看！"祝絮洁被逗得咯咯直笑，问道："你带我来了，倒是给我讲讲啊，我这天天在校园里待着，都不懂得这些！"易知豪可算是逮着了机会，拉住她站在广场中央说："你看那几个字，知道是谁提的吗？"祝絮洁睃眼读过去："山河好大，呵，这么幼稚的话，有什么好看的！"听了这话，易知豪笑得不能自已："哈哈哈，那叫大好河山，不是山河好大！古人写字都是从右向左的，你倒读成了山河好大，哈哈，你可真行！"祝絮洁一时羞红了脸，急急说道："不就是说错了么，有那么可笑么？欺负别人没文化啊！"易知豪看去她一脸拙气，上前一把将她抱起来，原地打圈子，祝絮洁又惊又怕，挥着拳头命他停下来，又忙看去四下里的星星几人，说道："我说你这大庭广众的抱人，也不嫌害臊啊！"易知豪这才将她放下来，又拉她到城墙边坐下，一点点说着些古址传奇……

悠悠三个月飘过去，往来的信件已垒了一抽屉，初冬的红城也跟着下了第一场雪，白皑皑的雪花虚飞飞洒下来，落在祝絮洁睫毛上，一点点融逝掉，又钻进眼里化成了一圈子白泪。她那一双娇杏眼像孔雀身上的宝石眼，水秀剔透，忽忽抖出机灵。

她探头斜过身旁的易知豪问："哎，你老说你住在单位，倒是带我去看看啊，每次都是不让去！"

易知豪回说："嘿，公安局那种地方，哪有随便带女人去的道理！"

"嗬，女人怎么了，女人就不能去了？"

"女人是家里人，带到局里明显是不合适嘛。"

"哟，你还把我当家里人了，那我也没见着你给我安个家的呀！"

易知豪又被问愣了，每到这个节骨眼上，他便一会是："我这也得经过家里同意不是？你知道的，结婚又不只是两个人的事。"一会又是："两情若是久长时，又岂在朝朝暮暮。"一会再是："嘿，以前啊，这家里啊，曾给我订过娃娃亲，我得把父母他们都哄高兴了，把婚退了，再来娶你不是？"

招招数数都探遍了，祝絮洁还是没能得到一个安稳答复。只心想着学校里的男生没一个能比得上易知豪的相貌、才情和身份的，那许乃夫虽是对她不错，却是说不会说，写不能写，支支吾吾，犹犹豫豫的，总不过还是一介白衣书生，上不去厅堂。又想着自己也才不过20岁，就试上他两年也未尝不可。可那易知豪却纠结得多，一面是自己的白月光，一面是自己的媒妁亲，各方取舍都不轻易。

时光一点点漫进，游离的物事依旧看不见丝毫异变。可这世上的每一种关系都逃不过一个保鲜期，或冷冻或冰藏，确乎也都有时限。临近师范毕业，祝絮洁眼看着就二十二了，便用了最后一招激将，她要和他分手摊牌！易知豪这回算是被架到了热锅上，进不能进，退不能退，为稳住祝絮洁，他很快带她去了河沿边上的先进照相馆做了个婚前仪式，算是给她图了个心安。老式的结婚照还是黑白底，后期又多了一层错了位的水彩色，映得人青眉细眼，粉脸红唇，更显了些非人非鬼。

婚照一出来，祝絮洁算是安了心神，只待着领证登记，不再找易知豪絮叨了。可无奈这东边日出西边雨，一边的火候刚刚抹平，一边却又亮起了红灯。这天，易知豪照例下班回家，初春里还是有股子薄刺的冷，风啾啾吹着，吹得半天里的枝杈子呲呲作响，连带那赭红色的血日也渐生了冰凉。徐惠利沧钝的脸上不现神色，她端了碗番茄面出来说道："你先吃，爸妈最近回了乡下，咱们就简单点，闺女们一会放学回来还有。"易知豪卸了警帽，半身坐过去，瞧着碗碟里漂移的香菜叶子一点点往前飞，一碗碟的游离，不知要游到哪里去。

他疑了半时，起身上前两步，一把拿起门后的拖把洗涮，几下就把房间拖了个干净，剩下一旁的徐惠利一脸痴色："怎的？这太阳打西边出来了，怎么好端端地开始拖地了，这不是男人的活，赶紧把饭吃了，都凉了！”

屋外传来易新茴嗫嚅的声音：“姐，老师跟我们说了，从明天开始，从前排到后排，要开始轮流值日。”

“啊，按座位来啊？我们年级可不这样，我们是只有先入了少先队的才能先值日。”

“不知道入队有什么好？”

“嘿，所以说，你还小，又没有上进心，肯定入不了少先队，入不了队啊，就当不了卫生标兵，当不了卫生标兵，就当不成班干部！”

姐妹俩喧闹着依次进了屋子，易凡新长成了大班长的模样，平眉大眼，方正周圆，穿着一套深红色松肥涤纶面料校服，一派女强者风范。易新茴跟在她后面，土白的棉布袄子，显得浑圆稚弱，姐俩边说边帮着母亲从厨房里拿碗碟。

60年代初的北国，正值荒年，鸡蛋算得上是稀罕物件，易凡新住了脚盯着父亲碗里溜白的圆鸡蛋发愣，闻过那一丝腥甜，不由得上前一步，她不敢直接拿了鸡蛋吃，便只拿了桌边的鸡蛋皮子往嘴里塞。“嘿嘿嘿，这孩子，快下来，先让你爸吃好了，以后再给你煮！”徐惠利带着一脸怒怨冲出来，她身上的那件暗绿围裙被经年的油烟勾勒得污渍斑斑，遥遥站在那儿，像是片微蔫了的，伶仃无靠的香葱叶儿。

面碗里的碎香菜由青转黄，终归是留不住飞逝的分秒。易知豪一口气草草吞下去，转身就回了里屋蜷腿眯着。

饭后的半支烟是易知豪的习惯，他先前的烟瘾使整个人瘦得单薄，因而在家里只能是一天抽一半，两天抽一支，吸烟数量被徐惠利严格控制。暗色中雾气腾氲，一点点红圆的烟芯火儿，时明时暗，心焦般忖度着半支烟的准确。

“哎呀，你怎么又抽上了，前几天夜里写材料自己就偷偷抽了两大包，半夜咳得不成样子，还要抽，不要命了！”徐惠利移身进来，即便态度是急切的，语态里也还是不变的板滞。她急急按下桌面上的灯豆，黄焰焰的光瞬间刺了人满眼，易知豪只得灭了火，存起来为明天备着。

“把烟给我，以后每天的半根儿你直接跟我要。”徐惠利熟练地从他右边衣夹子里顺出半袋海军烟，又往里探了一眼：“看你这警服天天穿的，兜眼里都穿了洞了，自己都还摸不到，等这洞再穿得深一些，不怕被人瞧见的！让人再背后笑话我啊，不会持家！快快快来脱下来，我给你缝上。”易知豪只得又听话地脱下衣服，他对她过度的贤良，从来找不到半句微词。

他随下一把抓住徐惠利的半边胳膊：“你先坐，咱俩有太久没说话了，你这天天忙里忙外的，也坐下来歇歇。呃，我也顺带，跟你商量个事儿。”徐惠利顺身挨过来，她原先的短发长长了，草草在脑后系了个发髻子，橙黄的橘灯影儿打在她眼里，刺得一双眼半睁半合，多了点往日不见的饧涩，易知豪缓缓开了话匣子：“那个什么，最近组织上做了调整，要提一批年轻干部，说是要求必须是单身，我合计着，先把证明交上去，等顺利提干了，咱们再复合，这样也不至于失去这个提拔的机会。”徐惠利看着他，半响里默不做声，只剩下一点呼吸的频率，易知豪犹疑间鼓了胆子睨过去，竟发现她嘴角边上正流出来鲜红的一茬血，正顺着半边的小白牙齿延到下巴上，那小白牙齿该是咬得太忘我了，发出没有声响的嘶鸣。又呆了片刻，两人仍是一个没话说，易知豪只得掏出刚刚的半支烟燃上，用烟雾填过死寂。

徐惠利终是开了口，声线平静得出奇：“老易啊，你也不用编这些话来哄骗我了，这两年你的变化我也看在眼里，又不是感觉不到，你不要我了，既然你话都说到这份上，以后别后悔就行了。我只一个要求，你把孩子给我，孩子是我的命根子。”场面一度僵持难下，易知豪也不便有再多说辞，直立起身子跪倒下来哭叫：“惠利，我还会好好待你的，好好待你和孩子，求你放我一条生路，求你，我是混蛋，我不配做人……”声响传到屋外，引了易凡新和易新茴两个人进了门，待她们听清因理后，被母亲一把抱去拖出了门外。

中夜里的街灯更亮了，射出冷艳的光，晃得人合不拢眼。窗外走夜班拉煤的大卡车不时飘过去，震得窗子微微作响，响声时大时小，听得见煤渍的凝滞，终归是些不见影儿的走马灯。他们夫妻一场的体面告别，是1962年的晚春。

红城的夏天一向来得晚，总像是慢了半拍儿。祝絮洁出嫁那天是小满，春日里的棉柳絮子还没散尽，虚虚漫天，一波波落下来，诟谇了一地鹅雪。易知豪穿了灰褐半大薄款中山装，踏了新配的飞鸽自行车，带了四元聘金和两斤牛乳糖，去北城接他的新娘。祝絮洁本就生得端丽，丰白的脸上涂了淡淡的油脂粉，翠黛的一双云眉下是辨识度极高的媚眼，她在眼周涂了些淡淡的玫紫色唇膏，一点点斜飞到鬓角边，眼皮上的着色凹陷，营了股子袅袅的深邃。她眼里依旧是黑白明透的，泛着罕异的清凌。她欠身一步斜坐上易知豪的车后座，回头笑着打招呼，遁去乡邻们的声声祝赞，一身儿的缎面枣红裙子绷得有点紧，她只得立僵了腿，把那一水儿的衣物、脸盆、双鱼痰盂儿等“嫁妆”宝贝般支起来，漫去新的嫁房。

从北城到南城的路说近不近，说远不远，要途经一架横跨金水河的颐卿桥。据传那座桥是抗日时苏联红军建的，黑铁钢筋样式，周体浑健，远望过去，像是架庞大拙笨的老牌蒸汽车。金水河的水如它那名字一样鲜有澄澈，常年都是浊渍的灰黄，氤氲间衬在眼底，轻微地痒。

易知豪深知在红白喜事上拉近关系的道理，又不愿把自己的老底儿暴露出来，因而在他这一场红艳艳的婚礼上，多是领导同事莅临，到底是少有亲朋的。正午时分，易知豪和祝絮洁各自戴了大红花从后屋出来，恭恭敬敬对红实木格子上一排铜的瓷的泥塑的主席雕像鞠躬行礼，接着就把备好的水果糖一一发下去，红禧条子飞了满屋，是川北的红辣椒。

“哎哟哟，小易可真是好福气啊，能娶到这么漂亮的大学生，我们窝在机关里，混了一辈子也没碰见这等好事啊！呵呵呵！你们说说啊，同样是公派学习，人家可比你们这些个小伙子强啊！”说这话的是市局政宣处的李主任，是易知豪的直线上司，小眼方直，肥短身材，他那绽开了的一脸笑泛出一层微艳的油光，一半胖红溜圆的脖颈，在太阳底下被晒得又黑又亮。这一席话一出来，现场的气氛微微尴尬，还好有人跟着附和了几句，才不至于冷了场。

“就是，给我们传授传授秘笈，看我们哥俩一样的和你去师专上课，我到现在了还是光棍一条，怎的就没你这待遇啊？祝老师，你你你，你可是太偏心眼了啊！”郭松年跟了一嘴，一边的曹栗田也是一唱一和：“人家师专里一等一的学问好样貌好的助教让老易遣走了，咱们也没啥盼头喽！”易知豪只是默然而笑，心里面自是得意。那祝絮洁转头看了他们一眼：“之前给你们上课的时候，也没见你们活跃点的啊，你们总在后面偷懒坐着，前排的女同学们哪里能看得见你们呢！唉？对了，上学期的学时分，你俩，可都还没修全呢！小心顾老师发现了，不给你们签字结业！”“行行行，祝老师一向严肃认真，我们可不敢打马虎眼啊。”中日里的顶头光有些辣眼，赤条条打在颅顶上，焦得人心神不宁。婚礼宴席上多是女方宾客，红粉翠蓝潆了一眼，嬉笑声盈耳，点缀在清一色的中山制服间。

一边是红艳艳的新嫁房，一边却是灰秃秃的茅草院子，再怪这毛坯顶子又是个透风的，眼瞧那徐惠利带着两个女儿住在婆家要上两月了，村头嗑瓜子的妇人们嘴皮子也越发勤快起来，有人说：“哎，你们知道吗，听说啊，易家大儿子又在城里娶了个小的，我先前问过惠利怎么回来住了？她说的是她男人在局子里要评职称，人家组织上规定得是单身青年！先是要离了婚避一避，哪知人家一个转身啊，就娶了别个！”也有人说：“可不是呢，原来啊咱村子里就这么一个公安局的，瞧他们一家子那叫一个威风，她男人每次回来那身警服都不带换的，生怕别人瞧不见呢，这下啊，好端端的就搬回来了，难不成是被休了才回来的！还是和公婆住一起，也不嫌臊得慌！”

丈夫在城里另娶的消息一波波盈在徐惠利耳里，扰得她整夜里睡不着。易凡新和易新茴因转到了镇上的小学，也成了被关注的对象，私下里都被叫作“那没亲爹的姐俩儿”。徐惠利几次想要回城里找他问个清楚，不想却接来了易知豪的手写信和生活费，信上用工整的楷书写道：

惠利：

很久不见，因为种种原因，不得不对不起你了。我每个月初会给你、凡新和新茴寄去十五元的生活费，而且，这笔钱会一直一直给下去，我不会亏待你们的，愿你能原谅我。

易知豪

1962年夏

男子的事业是事业，女子的事业是男人，被休掉的女人总之是抬不起头的，可这般情状放在徐惠利身上似乎却有些不痛不痒，越是心里万里决堤，越是要表现得云淡风轻。被弃的女子周旁，白眼儿斜眼儿定是少不了，她陷在这冗杂的口业中，只是越发麻木，越发低迷，像是晚秋里熟透了的稻谷穗子，没目的，没念想地随意呼吸。

天色转阴了，灰白的一片，几排银鸽列队般刺过轻厚的云层，留下些闪动的影儿，好像又停住了，贴在溢出太阳光的半面云线边上。婚礼时的陈设还在，肉墩墩的红双喜依旧伏在窗面上，方方圆圆，像是个从天而降的诏令。祝絮洁爱干净，把家里收拾得一尘不染，她抬起双臂擦那窗沿儿边上的灰尘，一把带下来些零碎的玻璃腻子，砸在双喜字上，吓了一跳："哟，这是什么破手艺啊，才糊了没两天就掉下来了！""嘿，快别弄了，怪累的，都收拾一天了，快躺下来歇歇。"易知豪正在一旁的书桌上整理案件材料，因他下周要到局里去做汇报，废旧的乱纸堆了一桌子，白花花的，都是些他瞧不上眼的赘述。

他写得有些累了，仰面动了动，目光聚在墙面上大红色样的结婚证上，那证件做得考究，说是结婚证，却更像是个机关颁发的奖状——六面五星红旗双向射发，中间是正统的主席像，最下方是一排麦穗子和几个艳色石榴，兴说寓意了一个具体含义："多子多福"。中间有几列竖排字，刻了祝絮洁和易知豪的具体生辰，不过那底层的水印好像太深了些，险些要盖过新人名字，生硬地现出四字：自主结婚。

祝絮洁从椅子上抬脚挪下来，顺带洗了把手，软软拍过布巾，涂了一层万紫千红肤脂，贴到易知豪后身上看那些个材料："妈呀，我说你这天天看这些刑事的事，也不嫌害怕的，半夜做噩梦了，可别来扰我啊！""哈哈，不做噩梦也扰你！不做噩梦也扰你！"易知豪后移了一双手臂环住祝絮洁，稳稳擒住她不放，她被他紧紧勒住，动弹不得，咯咯直笑。两人一前一后地摇晃，晃得背椅吱吱作响。祝絮洁看他有些疲倦，便顺手揉他僵直的脖颈，她手上浓戾的香气四面萦开，溢得人心里畅快，是甜腻的桂花香。

祝絮洁在第二年给易知豪添了个儿子，正月初五里生人，起名易建彪。元宵节下班早，易知豪推了辆二八单车自医院驮着这对母子回家，一路上明光满焰，各路烟火间或闪起来，做出无言的贺喜。早春的傍晚仍旧很冷，风浅浅吹在易知豪被抽干的面颊上，有点刺骨。他加快了步子大幅度向前走，生怕祝絮洁着上风寒，路边有小孩子在玩摔炮，点点碎声乒乓作响，炸得人更多了兴头气儿。他一路上都是激动的称赞："媳妇啊真是辛苦你了，易家总算是有了个儿子，你啊可是给易家立了大功喽！我们易家啊，从此可有了香火喽！""哎，我说你可走慢点，我这后边抱他抱不稳的，别再给他摔了！"正月十五的月，较往常多了一层琥珀色，黄晶晶的饱满，是个能流出一嘴蜜馅儿的汤圆。

月子里的祝絮洁被照顾得十分妥帖，各类滋补品一样不少，易知豪因有过经验，母亲当年的那些个土法子被他学得周全，进而一一复制到了祝絮洁身上：红枣花生猪手汤，益母乌鸡汤，当归鲫鱼汤被煲作得熟之又熟。他每日往返在家、局里和菜市场中间，不上一月，祝絮洁竟胖了近十斤，她看着镜子里自己的脸都大了一圈，连连向他叫苦：“哎呀，可真是让你费了心，我可不敢再这么补下去了，到时补成个大胖子，减都减不下来！还不够你嫌弃的！”“嗬，胖一点旺夫旺家，你这营养够了啊奶水好，把我儿子喂得白白胖胖的！”“你儿子你儿子，难不成不是我儿子啊？建彪是你一个人的？”“可不是呢，那可是咱易家的独苗！”

建彪随了他母亲的好根底，刚出了月子就出落得十分端正，双眼皮黑豆眼，长圆小寸眉，虽还不会说话，喜怒哀乐却都溢在眼里。祝絮洁刚刚出了月子，奶水正旺，头发也随之稀疏了些，她在前额裹了圈红色的月髻子，稍衬了点面色微黄。

养孩子费钱，日常开销多是要从易知豪那周济，他每月的工资是40元，精打细算也依旧还是紧巴巴。一来二去，祝絮洁便觉得不对劲，就算是一万个紧张，也不可能月月光盘啊！疑惑中她开始盘问：“哎，你每月有40元的工资，按说不少了，咱怎么还是这么困难呢？这钱按说看着也不少，也不知道花到哪里去了，你下月记账看看，免得不清不楚的。”

起初，易知豪还能敷衍搪塞，也算是听顺了太太的话，开始记账。可这纸头怎能包得住火，又过了一月，祝絮洁看着账单依旧还是一个对不上，便一点点地详查起来。算盘打得再精细也逃不过一个烂笔头，她越查越不对劲，即便是日常开销到了山珍海味的程度，也不至于就一点余存都留不住。

她只得又开了口问：“我说易知豪，你是不是自己偷偷存了小金库啊，怎么我来回地算，这账就还是对不上的？”易知豪先是前移了身子往前探了探，扫了一眼记事本上精确到点的数目，又随手拿了积了一杯底儿茶垢的搪瓷杯，啄了口茉莉仰着身子笑道：“哎哟，这不是每个月得往爹妈那寄钱回去嘛，算那么清楚干吗，够花就行了。”

“不对呀，你每月寄回去的数目我已经除去了，到底还是对不齐，怎么回事，我这算数学得也不差呀！”祝絮洁回头看了他一眼，她内眼角的一点肉粉色突突跳着，白色眼仁晶莹明洁。

“告诉你够用就行了，够用就行了！你要干吗啊？我是少了你吃的，还是少了你喝的？我每天在单位里杂事一堆，头已经够大的了，你能不能别再生事了？”易知豪猛地起身，拿了桌角边上的人民公安报啪啪地甩。祝絮洁一见这架势有些呆，还没见过他敢和她这么说话，倒也不甘示弱，跳起来立喝道：“你发什么火啊，一说这个你就急，我看你是有问题！你这葫芦里到底卖的什么药，你到底打的什么小算盘，遮遮掩掩的，敢不敢正大光明说出来，别在这猜来猜去的，你把钱都用哪了？”

泥炉上的铁壶吱呜呜叫起来，像泉水叮当的呜咽，从低怨到激鸣，一路追索过去。易知豪心知恰巧找到了个台阶下，便上前一步要离开，祝絮洁也顺势跟过去，把他拉回来继续追问：“你躲什么，嗯？躲得过今天也躲不过明天，咱们今天把账算清楚。”易知豪答不上话，依旧势欲要上前提水，祝絜洁继续推搡，开水的急鸣已到了临界，哧呼呼喷出白气焰子，溢出壶盖的沸水跳到炉面上，开出一朵朵灿烂的小岛图，水渍很快又被蒸发干净了。

易建彪该是被动静吓到了，哇哇哭起来，祝絜洁远瞧了一眼，依旧是激愤难饶，因又拉了她男人前后推搡，一双柔荑被揉得狰狞。

“你要养孩子，我也要养！谁都不容易！”

“你要养谁？嗯？你还要养谁？”

“建彪是建彪，别人是别人。别只想着自己的孩子！有些事，你不知道为好！”

“自己的孩子？你跟谁还有孩子？”

“就是有，怎么了！”

这话一出，祝絜洁愣了半晌没答话，随下软了身子坐仰过去，直勾勾望向他，异艳的一双眼里找不到丝毫情绪，虚乏空洞，像不着边际的荒原。她在客室里挨到半夜，易知豪独自躺在内房里辗转不眠，他知道她本就心性高傲，这会子进门不上一年就被迫当了后妈，心里定是十足崩溃的。祝絜洁也未免恨透了他，自己一个含苞的黄花姑娘，小城里也算得上是数一数二的美人，竟被一个二婚头给生生诓骗了！

越想越是不甘心，越想越是气不过，心里的纠结像是拧不干的湿毛巾，憋在心里，一节一节断过了气。祝絜洁拖着身子过来坐到床边上，推搡间大声喝他：“你之前跟我说的是家里给你定的娃娃亲，你是要回去退了婚约的，你怎么不说你已经结婚了？嗯？你怎么那时候不说？半截里突然就蹦出个孩子来了，你这算是什么？你拿我当个什么？！你拿我当傻子吗？”祝絮洁边说边哭，吵了一旁的建彪也开始哇声雷雷。

易知豪过了半晌吱声道：“小时候不懂事，婚事是被家里包办了，那孩子今年11岁了，跟她娘过，我也就是每个月会给她们一部分钱。根本就影响不到咱们以后的生活。”“嗬！影响不到以后的生活？你这一出到底算是个什么啊？嗯？你干的这叫什么事？我真算是倒了大霉了，怎得放着那么多的大好青年我不去嫁，偏偏就跟了你！易知豪，我告诉你，我可以去告你，告你骗婚！”易知豪猛地抬手起来，用一叠被子稳稳罩住自己，转身过去，不再出声。

又嚷了不知多久，话说尽了，祝絮洁也住了口。眼上黑突突的天花板是邃暗的荒漠，不见边际，一股股卷着怒哮和悲吟。高密度的沙砾呛得人喘不过气，整个人都要陷进沙漏里去。她狠狠蹬开脚下的被褥，恨不得把一边的小建彪按碎了一点点塞回肚子里，一走了之。奈何建彪已到了满月，虽还不足十斤重，却像是个千斤的秤砣，一点点拖住她迷旋深陷。

随下的日子像是推了排头兵的多米诺，骨牌一张张倒下去，哗啦啦的清越。祝絮洁的情绪随时会因为同一个缘由反复爆发，似乎什么事都能扯到那个11岁的孩子身上，有时是：“你这天天的几点下班啊？回来这么晚，也不知道天天心里惦记谁呢？惦记你那老家媳妇呢吧？”有时是：“一着家就心思不定的，也不知道心里琢磨什么，心里想着自己闺女呢吧，咋不找你媳妇闺女一块过日子去？”有时还是：“嗬，看你上班那叫一个积极啊，拼命攒那点钱，攒够了，好给你家那两口子买花衣裳！”那孩子那孩子，那孩子确乎已经成了她的家庭一员。

易知豪对此也是多不回应，因是自己理亏在先，骗了人家，也只能是她在闹，他在笑。

除了那个固定话题，祝絮洁的话反而越发得少了，从前做助教时攒下的书样，也蒙上了一层浅白的灰尘。她先前圆鼓鼓的脸颊两边多了几分凹陷，侧眼瞧上去，像是颗缩了水的长提子。月子里的短发长长了，后方草草系起来，可前沿的头发帘又不够长，微微松滑，挡去半张脸，更显了点凄婉的哀艳。

她一手抱着建彪在厅里打转，一手去温了奶瓶里剩余的奶粉，这影像似是默片里的独舞，自带一种翩跹的慵懒。易知豪睃眼盯着她，心里想着，同样的脑后盘发，惠利梳起来怎么看怎么像苏州娘姨，可絮洁梳起来，却像是汉廷里飞出的惊鸿莺燕。

建彪过百天时，易知豪办了一顿酒宴，因家里终于是添了个男丁，他父母也特从县城赶来祝喜，二老很是朴诚，足带了两筐白灿灿的柴鸡蛋给新媳妇添补。易知豪母亲名叫吕桂云，算是县城里极贤惠的模范妇女，她那一身青蓝布面儿的薄棉坎肩应是做小了些，紧紧地卡在身上，勒得人膀大腰圆。

她双手带了两边的白鸡蛋，上前一步对前来接应的祝絮洁说："闺女啊，可真是辛苦你了，给我们易家添了个大胖小子，前阵子家里农活忙，也没来得及照顾你月子，以后啊你得坚持每天一颗柴鸡蛋，营养到了，奶水足！"祝絮洁只是点头答谢，后又浅浅说了一句："月子还真不用您伺候，我自己有妈。"吕桂云尴尬了两秒，找不到合适的言语回复，便又盯着她端详："哟，瞧这姑娘生得这模样，可是真标致！难怪知豪死活都要把你娶进门呢！老头子啊你看看，咱这新儿媳啊可是真俊！"祝絮洁一听这"新儿媳"三个字，一下就恼了半截，一张脸瞬时掉下来了，眨眼回说道："呵，我是您家新媳妇，您却不是我新婆婆，这可真是错位不合理呢！"这话一放出来，算是尴尬到了极点，一整间的小院香风也就此滞住了，唯剩了对面一双公婆僵直在那，祝絮洁看三人已没话可讲，便转身蹬蹬回去了。

吕桂云一向在家里是说一不二的大女主，哪里受得了被一个晚辈这般排揎？索性也是生了气，甩散了两手快步进了里院。只是可怜了易老先生和那两筐子白鸡蛋，一地澄艳艳的黄蛋心腻乎乎溜了半米长，是小孩子哭泣的鼻子。

祝絮洁在里屋气得直换气，一呼一吸间，胸前丘壑起伏分明，她远瞧着宴席上一双母子轮换着逗建彪玩，就恨不得出走了之。又见她婆婆抱了建彪和易知豪一同移到了前院，坐到赭色藤花椅上闲聊，只听见她婆婆说："儿啊，你是不知道，惠利可真是生得苦啊，一村子里的人都在给她白眼儿看，有看笑话的还给她们娘儿三个起名'被休的主儿'！你说说啊，现在这人的嘴头子得有多毒！这闺女啊，嘴上虽是不说，那点委屈全憋心里了，你说她一个女人家家的，带着两个孩子活，当真是不容易的呀！我啊看着都心疼，她到现在都是常去看我们的，一直也没再找，一直还当我们是亲公婆呢！哎，哪里像你现在找的这个小的，横眉吊眼的一脸刁样，我看啊，你以后得不少受她的气！”“没有的，您想多了，她就是有点小孩子脾气，其实心不坏的，女孩子嘛有点脾气，我都不和她计较的，这样吧，以后每月我再多寄些钱回去。”易知豪嗓音沉郁，这应算是他最不愿提及的尴尬事。

“哎哟哟，咱俩儿这到底是谁不和谁计较呢！我说易知豪，你到底还有多少事瞒着我？！嗯？现在又跑出来娘儿们三个了，开始说一个孩子，现在闹了半天你两个闺女呢！还说什么不和我计较，我倒还没跟你计较呢！你这叫诱骗良家妇女你知道吗？你这堂堂公安局上班的，有头有脸的人，这事你也做得出来！”祝絮洁上前一步踏出院子，扯开嗓门叫着，她纤柔的手腕儿双侧反向掐住腰身，翘出一双柔艳的兰花指，咄咄逼人，气势汹汹，好似动画片里的章鱼王。

易家院子里去年刚栽了棵柳树，娇稚纤弱，是小孩的童花头。一整树的白绿芽尖连带前来祝礼的同事宾客们都一齐探出头瞧看，稀稀散散，四角里围聚成好奇的一隅。易知豪见这架势，不禁就羞得脖颈通红，只得上前央了祝絮洁先回屋去，平白留了一地唏嘘。

宾客们草草散了，小院子在片言片语中被塞得透不过气。

吕桂云轻着身子点脚过去，见祝絮洁因刚才的情绪失控有些神志不清，便又踏进了一步说：“哎呀闺女，你的心情啊娘也知道，我也是做女人的，哪个女人不希望自己嫁的男人根底子清清白白？可这事到如今，瓜熟蒂落喽，你也真是回不了头了，既来之，则安之，既然嫁过来了，那咱就好好过日子。我是过来人，说到底啊，咱们女人比不得男人，人家男人有娃离了婚可以再找小姑娘，咱们女人啊，一旦生了娃，再出去找，那可就是赔贱了的二手货，不招人稀罕！我这当娘的看在眼里，知豪对你呀，那绝对是百分之二百的好。你就踏踏实实过日子，不想别的，你想想啊，你现在要是带着孩子再去找人家，可能么？以前的事啊，也就翻篇过去吧！踏实过日子总是了！”祝絮洁立了两眼回叫道：“过不去！过不去！刀没插在您身上，您不嫌疼！”四月末的天清艳无瑕，唯是飞了漫天的白柳絮子，幽恨无望的四月雪，一团一团扑到人脸上，飞进鼻子里，洗不干净的纠结。

“既来之，则安之，既然嫁过来了，就好好过日子，咱们女人一旦生了娃，再出去找，那可就是赔贱了的二手货，不招人稀罕！”吕桂云的话一遍遍在祝絮洁心里萦绕，又绕了几年，直到小女儿易秋矾出世，才算是彻底烧断了她的那点期冀。

柳树一年年长起来，腾出屋顶高，徐徐漫过屋檐，遮蔽了整个庭院，树干的年轮也随之多了十几圈。这天是中秋，中天里坠了一轮圆镜，光影斑驳，月晖里飞出酣酒微醺的甜润，白盘子里有两只丰肥的喜鹊影儿，晚风里啼鸣啾啾。漆面微黄的半导体流出夜来香的箫调，衬着湿土里的一片芳草，绿野玫红。

祝絮洁上了40多岁，倒还不见老，依约还是个美人，眉眼里仍旧有异魅的轻灵，尤其是在强光的反射里，一双大眼水亮得像冰石子儿。除了眼角多了些岁月的痕迹，其余基本没怎么变，内里依旧还是一颗不更事的少女心。她做了多年的语文教员，在学校里多是说一不二的神气，表面上看着挥洒泰然，可里面的心结却又从未解开。这些年里她也见过易凡新和易新茴几次，每一次都是气氛沉滞，别别扭扭的。她的那一派脉络总让人拿不准，又想要面面俱到，又多是满腹牢骚，又想要当个人人称赞的模范后妈，又是处处生气。

这天是她女儿易秋矾15岁生日，又恰好趁了中秋，一家子正是乐得欢欣。易秋矾像她父亲多些，细眼淡眉，翘圆鼻子矮方嘴，避开了母亲和哥哥的大漂亮，她的那种好看，是纯少女性质的，白浅寡淡，不具攻击性。易建彪已过二十五，因生得帅气，常被人戏称是电影明星，他沿袭了父亲的基业，去了公安局实习。不过他和他父亲的圆滑活络似乎不太相近，该是有个强势母亲的缘故，他的那一脉英气里，还多了点内敛的拘束。

易知豪这些年的仕途应了他先前的预期，称得上平步青云。他刚上五十就当上了公安局副手，未来发展，可谓指日可期。不过因为心虚理亏，他在单位里不论再怎么权威，再怎么威严，在祝絮洁面前，却多是百依百顺，不敢妄言。

易凡新30岁出头，正是滴水葡萄一样的年纪。她来市里的纺织厂做了财会，本就是财经学院毕业的高才生，外加高挑端丽，算是厂子里一道打眼的风景。她刚谈了对象，是市报社新闻版的责任编辑，名叫朱旭东，那人和易凡新大体同龄，可看上去却老得多，国字脸上嵌了一双方圆的黑眼睛，两方额角斜飞上天，太浓眉大目了，像是个中年干部。他那深灰布面的中山装和中山帽，直挺挺把他卡在桌沿上，一腔声线洪浑如钟，不停地说着："好的，好的，我自己来，谢谢，谢谢，您不用客气。"

易凡新和祝絮洁只差了15岁，这个年龄差，叫妈不合适，叫姐也不合适，她只得叫她——祝老师。因这天是中秋，易凡新为了给小妹妹易秋砜过生日，特地装扮了一番，棕呢翻毛领口大衣过膝，外加一排大圆扣子点缀，眼角点点棕红雾染，好似画报上的女模。易凡新生得大气，再缀了大地色系的衣饰做衬，看上去气场隆隆。祝絮洁斜眼白了易凡新一眼，许是被她那别致的压迫慑了魂魄，便起身移到了对面位置。随下又远远用余光探过来，发现她那一派的典雅装束，竟是别有一番高级。

易凡新和朱旭东一面逗着易秋砜玩笑，一面整理桌上的果品杯盘，丝丝瓜果，映了月圆的中秋夜疏透清甜。祝絮洁看着他们兴头间插不上话，便回身进了后厨和易知豪备餐，她两手移着盆钵无心地说道："哎，我看那凡新啊，真是越来越不像个样子了！以前本来一个端端正正的好姑娘，现在弄成了什么了？这上了班就变了一个人，打扮得花枝招展的，把自己弄得和个妖精一样，这才刚谈了个对象，眉眼上就勾勾搭搭的，以后这还得了？这要是让邻里的人看了，该怎么说咱们家的！”

易知豪一向是以家妻为重的，听了这话，气不打一处来，解了围裙到院子里坐着，不住地上下打量易凡新，待到朱旭东暂且离开，便不禁扯口骂道：“一个女人最重要的是要端庄稳重，你这还没结婚呢，打扮成这样花枝招展的，给谁看！你出去看看谁穿成你这样了？妖精一样的，你想干吗？也不怕被人说！”易凡新被父亲说得坐立难安，泪花直在眼里打转，还好妹妹新茴多是陪母亲在乡下，不多进市里来往，听不见父亲对自己的这一番数落，又碍朱旭东此刻已回来坐下了，便只得把眼泪咽下去，忍了。

不多时，易建彪带了未婚妻季婕回来，两人都是二十四五的年纪，样貌身段全属上等。那季婕比起易凡新似乎更胜一筹，高挑俊逸，眉目清朗，微卷的轻棕色半肩长发松松飞在脑后，高鼻梁，双凤眼，一身浅米白色工装被她穿得像时装。比起祝絮洁的小巧精致和易凡新的大方，这季婕则多了一分罕见的——职业化的洋气。

季婕在银行里做事，算得上是体面职业，柜台里的制服没来得及换便登门到了未来公婆家，多少有些局促，便自释道：“叔叔阿姨，您看我这今天下班着急了点，穿着工作服就来了，真是，有点难为情。”祝絮洁抬眼上下打量她，嘴角边上的小黑痣微微抬了抬，酸酸地从嘴角边挤出来一句："你们啊那都是些体面人，哪像我们这些在家做饭养孩子的？上不了正经台面！有个体面工作还不得时时穿在身上的？"季婕被僵得说不出话，一时语涩，只得闷头夹菜吃。易建彪看季婕尴尬，便也顺带给她往碗里夹菜。看了儿子和未婚妻如此亲近，祝絮洁又不禁跟了一嘴："呦，瞧那老话怎么说的，娶了媳妇就忘了亲娘，这有了媳妇啊就是不一样，我们啊一辈子可都没这待遇！"易建彪听了这话，站也不是，坐也不是，只得不住地往别人碗里依次填东西，忙了个没头没尾。

中秋夜的小院，喧杂里透着恬谧，一家人围坐一起相互耳语，三个两个聚在一起，唯留了易秋砚一人坐着发呆，到底是小孩子，等不及了要去吃蛋糕，便前探了身子去拿桌沿上的小礼盒："我要提前吃这个，提前吃。"易凡新虽被父亲说了心里有些不自在，却也依旧得体，她上前一面理着礼盒上的橙红色丝绸带子，一面转身和易秋砚说："小砚啊，今天吃了蛋糕，又长大一岁，小姑娘馋嘴，甜的吃多了，长牙虫！"听了这话，秋砚不住地咯咯发笑，随后又拿了几颗话梅糖递给了易凡新："姐姐，给你吃这个，话梅糖好吃。"

祝絮洁听了又轻轻回了一句："嘿，这历来啊，嘴甜心苦的人大有人在，这嘴上越是甜，心里面就越是黑。"易凡新被僵得直发抖，泪珠子在眼里呼呼打转，不禁抖了嗓子回道："祝老师，你，你怎么能这么说话呢，谁心黑了？我说了甜的吃多了长牙虫没错的呀，哪里又惹到你了，这大过节的，非要这样不是？”她未婚夫朱旭东看这架势已是僵住了，便起身解围说：“哎哎哎，过节嘛，难免说说笑笑，都少说两句，家和万事兴，家和万事兴啊。”祝絮洁一听这话更来气了：“哟，这还没进门呢，倒说上家和万事兴了，难不成，你们俩，这是生米煮成熟饭了不是？我就说嘛，这儿大不由娘，女大啊不中留！怪不得天天要打扮得花枝招展的，到时候来上个瓜熟蒂落，可让我们老易上哪说理去呦！”易凡新被说得有些无地自容，赤红了一张脸答不来话，随即拎包快步飞了。朱旭东跟在后面也出去了，场面瞬时冰到零点。

季婕看这未来的婆婆气焰盛人，不禁心里发虚，便在桌底拽了易建彪的袖口小声说：“要不，我先回去了，你妈今天好像不大高兴，我怕一会儿……”祝絮洁侧边挑眉盯过来一眼，捏着嗓子笑说：“呀，瞧这悄悄话说的，怎么，有什么怕我们听见的，是觉得这饭菜不对胃口了，还是觉得这人不对胃口啊？”季婕局促地忙做解释：“哪有哪有！阿姨，我是看着时间不早了，明天还得上班，又不好在这打扰您休息。”祝絮洁轻晃着脖颈，拿起来半面竹扇吹脸，又幽幽回道：“嗬，说的好像就你要上班似的，我们这也是天天起早贪黑的，大半辈子也都这么过来了，谁体谅过谁呢！你们啊都还是大好年华，正是谈恋爱的好光景，不像我们到了这半老徐娘的年纪，没那福气，不过啊，谈归谈，小心呐，哎，这少女不知愁滋味，知人知面不知心！”

易建彪听了这话觉得别扭，心想母亲的心结又要上演了，低低回了一句：“妈，您别总拿您那套经验，来安我们身上对吧，我们到底是不一样。”祝絮洁一把摔了竹扇到桌子上，立喝说：“嗬！我看你这是翅膀硬了，到底是有了媳妇忘了娘了，这还开始回击上我了，当年要不是我发现有了你，我也不至于委屈到今天这步田地！我搭上一辈子把你和你妹拉扯大，你也不得不受着我的！”祝絮洁越说越激动，眼里的泪花子滴溜溜打转。易建彪眼见话锋偏了，随即拉着季婕出了院子，两只影子浅浅飘过去，像海啸跌浪前的逃兵。易知豪没做言语，只是闷头吃饭，像是与这纷繁做了自主性的隔绝，他的世界，该是越飞越远了。易秋砜的生日蜡烛还没燃上，人却走了大半，她不禁呜呜哭起来：“呜，你把人都说跑了，还让我怎么过生日，让我怎么过？”易知豪顺手切了块蛋糕给易秋砜，又做了一番抚慰，才算是稍稍调整了她的心绪。

中秋夜留下点儿幽败的烟蓝，易秋砜哭红了眼睡过去，唯剩下院子里的蟋蟀在嗤嗤啾鸣。易知豪的半寸烟火时明时暗，更加深了暗夜的微寒。他不禁想起徐惠利的那张脸，那张脸虽不及祝絮洁的十分之一标致，却是从未有过一丝促狭的。这么多年他在祝絮洁的威势下变得越发沉默，可即便是沉默，她的怨气也并没有丝毫消减，反倒是越发得多了。可话说回来，到底是自己行骗在先，他也不得不忍气吞声。

易知豪虽说在祝絮洁面前甘拜下风，受尽了欺压，可在仕途上却一向凯歌高奏，“易局长”的名讳被叫了多年，他也姑且在这一方面，找到了点心理平衡。年关里趁着单位分房子，又赶上易凡新准备结婚，他深知早些年对徐惠利她们娘三个有愧，为了补偿，不消说就把名额给了易凡新，易凡新拿到了有供暖的婚房，便和朱旭东一起来父亲家上门答谢。

她这日的装扮异常朴实，提了几盒点心瓜果放到漆木桌台上，看见祝絮洁从外屋进来，便起身说："哎呀，妈，我们这也快办事了，怕过段时间忙起来了顾不上，就先过来看看您。"祝絮洁瞟了眼桌上的礼品，有些奇怪，便问："哟，拿这么些东西干嘛呢？"易凡新轻笑间拉着祝絮洁坐下，恭敬中略有歉意："嗨，我这不是要过来谢谢您嘛，房子刚刚收拾得差不多了，过两天请您过去看看。"祝絮洁觉得纳闷，睁圆了眼问："房子？"易凡新倏地有点迟疑，看了看朱旭东又解释道："哦，是我爸单位刚分的新房啊。"易凡新看祝絮洁有些呆，不便再说下去，恰好这时易知豪进来了，浅米色门帘荡起片刻的轻风，他扫了一眼桌子上的礼品，便匆匆要遣了凡新他们回去。祝絮洁看这事态，才缓过神来，定了几秒，长吁了一口气和易凡新说："既然你爸给了你新房，你们就好好布置，结婚嘛毕竟是大事，有啥需要帮忙的，就说。"易凡新同朱旭东站起了身，客气地说道："行呢我知道了，那我们就先回去了。"祝絮洁目送他们出去，荒了一双眼盯住地上，双向瞳仁渐渐拉开，仿佛飞机起飞前的双翼。

这一场战争爆发得史无前例，祝絮洁发了疯般把一桌子礼盒一件件扔到易知豪脸上，房子里被搞得一片狼藉。祝絮洁瞪圆了眼嘶吼："好啊你易知豪，现在你出息了，这么大的事都不和我商量，你把我往哪放？我在你眼里，算是个什么东西？我的孩子也要结婚，也要房子，你到底要欺负我到什么时候！”易知豪只得告饶：“这不是前面对她们有亏欠，大的孩子先结先给房，以后还有机会，再分了再说。”祝絮洁更是来气：“再分了再说？你们家是专业盖楼房的？跟着你，我都还没住上暖气房，到现在冬天还在扛煤！再说了，建彪娶媳妇不要房子么？你从我十几岁你就开始骗我，骗了大半辈子，骗到现在你还不罢休，你到底安得什么心！为什么非盯住我不放？”易知豪眼见老账又被翻起，也不做顾忌地吼道：“你到底有完没完，我对你怎么样你自己心里清楚，我是少了你吃的还是少了你喝的？你去看看多少人有你现在的生活条件！”

祝絮洁上前猛推着他：“易知豪，你做个人吧！我上辈子到底是做了什么孽，这辈子非遇见了你这么个职业骗子！”易知豪右臂一抬，做了回力反击：“祝絮洁，你说话注意点！会说说，不会说别说，谁是职业骗子了，让我做个人？我不这么做我还有人情味吗？我还算是个人吗？！”祝絮洁在盛怒下眼球突突向外冒：“你不是！”易知豪上前一步坐到沙发边上，举手拍了桌子叫骂：“我不是？那也是你逼的！再说了，当时建彪百天时，你在家里大闹一场，闹得单位里全知道我的这点事了，传得市局分局里的人上上下下全知道了，我也算是有头有脸的人，我不对她们好点，你让别人怎么看我！到现在了，你还要在这拆我的台。我倒要问问你安得什么心思！”声浪一浪高过一浪，祝絮洁的眼泪随着激愤哗啦啦往出淌，呜呜地哭花了整张脸。

祝絮洁的豪横虽说猛烈，但在外人面前却不得不有所隐藏，体语中常有惺作之态。易凡新的婚礼她还是去了，礼节照面都应得妥当，算得上一个合格的后母，可这关起门来的火药味，却从没熄灭过。

婚宴当天，易凡新披了一身大红绸缎直筒裙出场，胸前散开拳头大的雪白花饰，头面上戴着亮白的珍珠花，是个粉妆玉琢的小粉头。亲戚朋友同学同事来了大半场，易凡新变成了万暗丛中一点红，聚焦了全场人的眼。各方宾客按身份划开，老易和祝絮洁作为父母坐在头一桌，算是仪式的主角，左边胸前都配了明艳的红花。另外一朵红花在徐惠利胸前，遥遥隔开，离间了不必要的尴尬。三朵红花离得远，还好没人寻见。

易凡新和朱旭东顺时针来给宾客们敬酒，兜兜转转，几个回合下来，脸面依旧温凉。外人不知，那酒其实是白水兑的，喝得人逐刻清醒，万场不醉。半场间，易知豪走出门抽烟透气，他的肺喘这时已初见端倪，倒还不是很严重，只是偶有浓痰。恰巧碰到徐惠利从街边方便回来，两人撞了个正脸，虽说是不愿碰见，却终还是躲不过。老易知道她烦人抽烟，便一手丢过烟头，抬了右脚碾灭了余剩的明火，正好了身子待徐惠利近前。徐惠利放缓了步子，慢慢移过来，她原先那双微肿的丹凤眼失了水分，呈双向下滑式，犹疑间浅浅憨笑说：“你看看，今个凡新大喜，你可是收拾得越来越精神了。”老易低头尴尬地笑回道：“哪有，这不是正经时候吗，怎么也得收拾一下。看你气色不错，想必应该过得也不错吧。”

徐惠利漫出一脸平常：“嘿，都这把年纪了，凑合活呗，现在孩子们也都大了，凡新有这好工作也全是得了你的照顾，你还给她分了那么好的房子！我前两天和新茴去看过了，还是暖气房呢！”老易换了口气，正色道：“别这么说，孩子是自己的，咱们当父母的，做什么都是应该的。我看啊，你到冬天也过去住吧，岁数也不小了，别再自己扛煤了，辛苦。”徐惠利眨着眼睛溢出一脸诚恳：“哎，我这是在乡下惯了的，再说了新茴还没成家，常常过去看我呢！那姑娘啊恋家，和她姐不一样，不愿意出去闯。”老易又问：“要说新茴也不小了，看有没有合适的对象，咱们也都留意着。”徐惠利接着说：“前儿我听她说是在厂子里谈了一个，先处处看吧！你这么多年按月给我们寄钱，一个月都没落下过，也真是不容易。现在凡新也成家了，新茴也在厂子里有事做，我自己平时除了务农，还卖些小玩意，生活都还过得去，你就不用再寄钱给我们了。”

老易睁圆了眼问：“这是哪里的话？当初说好的事情，我不可能变卦的！”徐惠利叹了口气又说：“哎，真不用了，现在的日子不比从前了！我们自己都能过活，你也别接济我们了，那个，我先回去，新茴一会该等着急了。”老易只得又跟了一句：“唉，有事你记得说话。”徐惠利和老易擦身而过，胸前的两朵红花无声间打了个照面，不过半秒的时间，就各回各处了。

徐惠利走到易新茴跟前坐下来继续吃饭，沉默而平静。整场婚宴，易新茴都是心不在焉，她不能理解姐姐对于祝絮洁一家的释然，一直偷偷盯着祝絮洁的那张脸，那张脸确实称得上漂亮，眉眼端正找不出半点瑕疵，一看就是富足生活和优渥环境养出的好模样，但神色好似一直不悦，挂在脸上的笑时不时就会立马掉下来，带着种不合时宜的距离。

热闹总是一时的，酒阑人散后，人们的生活还得继续。老易依旧按月给徐惠利她们寄钱，雷打不动，未有丝毫折变。易凡新嫁了不到一年，易知豪的顶头上司靳局长便到了退休年纪，因多年过硬的同事交情，正局长的位子便顺理成章地传给了他。这天算是交接仪式，局里的骨干和老同事们选了市里的特色馆子，一边欢送靳局长荣誉退休，一边喜迎新局长顺利接任。酒宴上宾客齐至，老局长身坐主位，新局长旁侧，祝絮洁和窦太太陪坐在一边。当年同易知豪一齐习课的郭松年和曹栗田已身近中层，老上司李主任也到了退休年纪，纵览老易的这一脉人缘班底，称得上根准有人。

郭松年兴头上开始提酒："来来来，今天要欢送老局长退休，迎接新局长上任啊。咱哥几个今天得喝好啊。"那曹栗田也跟着一起提酒，几番款曲下来气氛多有活便。易知豪本不胜酒力，不一会脸颈便已通红，祝絮洁对此早就生了怒色，一直在桌子下拽他袖子示意要回去。

场面依旧热闹，郭松年手下的实习生杨梓是局里新来的女文员，齐耳短发，肤白光润，到底是20岁的年纪，一张清新的初恋脸，都能掐出水来。"嗯，我来提一杯酒，今天算是我们科室送老领导退休，新领导接任，我这杯酒呢，算是给长辈们请安了。以后还得多多指教！”头顶上的橙色瓦灯晃得人眼热，泼红了墙面上成吉思汗的半张脸。易知豪还是被连连敬酒，祝絮洁看他有些眩晕，便不高兴地说：“哎哎哎，你们差不多行了啊，看他瘦成那样也是喝不了酒的，天天见面都是自己人，不用这么喝吧！”哪知老易在酒头上正是豪兴，平日里那些被压制的前怨全被点燃了，直接回道：“男人出来哪有不喝酒的，爷们家的事情，女人别多话。”这话一出，祝絮洁一下气得眼睛立起来，盯着窦太太直喘气。

对桌的杨梓听了郭松年的指示来给两位领导和太太敬酒，起先祝絮洁还起身做应，可随着易知豪那一句：“小姑娘真不错，笔杆子好模样又俊，头脑又灵活，将来可是大有可为的啊！”便直接坐下去了，她只冷眼瞄着那小妮子同一伙人来回换盏，进而与窦太太扯起闲篇：“哎，你说说现在的小姑娘啊，真是和我们那会不一样，咱们这么大的时候，哪里敢和男人随便喝酒说话的呀，真是啊，时代不一样了！”

等到将近九时，隔壁另一波同事又来敬酒，祝絮洁看老易被酒精浸泡得眼底通红，有些气急败坏：“你们到底要闹到什么时候，有完没完了！哪有这么灌人酒的！”说着就起身双手一飞，一桌子菜肴被掀起来，飞划出一片污渍残羹，对面的几张脸都被溅花了。屋子里瞬时安静下来，没人敢说话，祝絮洁索性一个人气呼呼先回去了。

面子之于男人，好似奢侈品之于女人，总免不了需要外人评鉴。易知豪这家有河东狮的名声算是又一次传出去了，他在外不管怎么硬气，都摆不掉一个“妻管严”的名号。为此，老易提出了离婚，理由简单，祝絮洁让他丢尽了脸。多年的软柿子突然变成了仙人掌，这一剑霹雳使得祝絮洁成了闪了腰的名伶，再不见往日嚣焰了，几次央求都不得理睬，只见得老易回家的次数越来越少，因年里会多、出差多、应酬多，不觉又多了一个“易三多”的雅号。不过双方拉扯再三，婚还是离不成，话也没得说了，夫妻俩只剩下一个谁都不爱搭理谁。

祝絮洁本就心性不稳，又总受窦太太一嘴碎碎念的影响，索性把矛头对向了实习生杨梓，非说是那杨梓一心想上位，工作上总跟着老易，转移了他的注意力。随下又不禁拉住刚毕业的小女儿易秋砜，常关起门来在小房子里吐槽老易，叽叽咕咕没个完：“我听你窦姨说啊，他们局里的那个杨梓可不是省油的灯，开会出差总跟着你爸，现在闹成这样，都是那小姑娘挑拨，你爸真是晕了头，根本看不清人什么心思！”易秋砜还算平静，叹了口气回道：“我觉得爸不是那样，他不是什么花心的男人，他只是不喜欢被包办，他不爱他头一个妻子，因为这点事你总气他，他不想理你也是有他的道理。”“哟，你就向着他说话，我这辈子就是一门心思地在你和你哥这，你爸就是胳膊肘子外拐，到老了也要护着他那两个闺女！”

吵吵嚷嚷大半生已过去，木已成舟，花一样的年华也就此飘淡了。祝絮洁时常会想起师专的那群同学同事，想起总给她打饭的许乃夫，想起他镜片后不敢看她的眼。那都是她回不去的青春，说到底还是不见了。日子兜兜转转，易知豪和祝絮洁这对半路夫妻，终还是没有被打散，他们搬进了市中心花园旁的小区，在这里安度晚年。想着是安度，日子里的鸡零狗碎却一直没见停息。时间忽散散地挨过去，像是没有具象的人影儿，那人影儿忽高忽斜，忽长忽短，终究是离不开同一个原点。

老易死在搬新后的第六年，他连带他一生的窝囊气都消殒在这半间寒舍里。对于他的死，祝絮洁似乎是最矛盾的，从开始的不屑到后期的天崩地陷，主角一样都是她。回忆是触不见的冷空气，闷得人心里发紧，又像是一股子苦涩的暗流，无所不在，见缝插针。各方亲戚随着老易七七的结束也不再频繁往来，儿子易建彪和儿媳季婕也渐渐开始步入工作正轨，小女儿易秋砜大学毕业后便嫁去了浙江，先生是当地的IT从业者，日子过得小富即安。易秋砜在陪了祝絮洁两月后便回了浙江工作，这套标准的两室一厅，彻底封了一间，安静得可怕，唯剩下祝絮洁一人。

近则不逊，远则怨，老易走了还不上三个月，祝絮洁便彻底掉了魂魄，只要看到故人旧物，便哭得面容失色，痛苦到不能控制，常常会说："真是个没良心的东西，也不跟我多说上几句话就自己先走了，真是无情无义！看来他也是恨我怨我，到底还是我对不起他！"易建彪和季婕因忙工作无法照顾她，便各处物色保姆来替管。起先易建彪通过局里同事吴朔卫找到了一个五十岁上下的邱保姆。因他家住祝絮洁隔壁楼，为方便起见，易建彪便央了他时刻盯着祝絮洁的安稳。

邱保姆从县城里上来，是个行业老手，灰白短发下是瘦削的平角脸，她干起活来勤快麻利，一双利手把祝絮洁家里整落得纤尘不见。只是有一点让祝絮洁不满的，她的饭量，似乎有点过大了。

一日里，邱保姆做了家常菜端上来吃，祝絮洁看了一碟子黑乎乎的油汤子便气说道："哟，这豆角能黑成这样，难不成是半瓶子酱油全放进去了？咱这酱油可不便宜，得省着用。"邱保姆想到她素常挑剔，便回说道："哎，开始有点生，我又回了一遍锅。"便顺手拨了半盘子菜到碗里："这菜估计不合您意，我留下来吃了吧。"祝絮洁又开口说："嗬，半月不到你这饭量可以呀，我看啊，我这点退休金都添不上你的胃！"邱保姆一听这话，便索性不吱声了，草草吃了两口饭，便抬脚出门转悠。

那一身军服的吴朔卫该是有军旅情结，常开一部暗绿色212吉普车通勤，这天邱保姆恰巧又看见那辆风尘仆仆的吉普车停在院子里，一来是不愿回去再看祝絮洁脸色，二来是感激吴朔卫给自己介绍到市里干部家庭工作，三来是看在易建彪常遣了他来看望老太太，算是祝絮洁的恩亲，便索性抛开烦心事，给那吉普车子清理门面。

早春的下午还是有点冷，即便是太阳高照，空气里也还是有轻薄的寒气。邱保姆的一双手因沾过凉水而微微泛红，被擦过的车窗上也生出浅浅的一层暗白色冰雾。祝絮洁看她只是被呛了几句，便任性离了家，气正不打一处来，恰巧又从阳台窗沿上瞧见她，正勤快地投入呢！便直手推开窗子探头叫骂道：“嘿，你这可是真会干活啊，自己家的活干不好，等不及就要干到别人家了，看了人家吴处长在局里做事，真是忍不住就要去讨人家的好，就这点官职都要巴结，真是没见识！”祝絮洁尖亮的分贝引来了四面邻里的好奇，一排楼面上不时现出错愕的脸，伸出来又缩回去，好似打地鼠时的制动力。

邱保姆听了这一番数落，气得在街边抹眼泪，心想她这一辈子勤劳肯干的名声一个没留下，这“势利攀附”的帽子倒是被广而告之了，思忖再三，进而赌气走了。这可急坏了易建彪和季婕两口子，很快又央了吴朔卫去赔礼，哪知那一向温厚的邱保姆一口咬定了不回去，还说道：“我做了这么多年的保姆，这样的地主老板子，我伺候不了！”

没了邱保姆，祝絮洁又变回独自一人，易建彪和季婕因这“保姆问题”真算是费了心神，一直在差人打听“各路神仙”，不上一年，刘保姆、王保姆、戴保姆、徐保姆、李保姆、张保姆，各个保姆登门亮相，却也都干不到两三月便打了退堂鼓，各方原因不一而足。归纳起来，结婚总是头婚好，保姆也总是第一个好，祝絮洁总不由得拿她们同第一个邱保姆做比较，邱保姆虽说能吃了点，干活做饭却最是利索上心。

易子媛已长成大姑娘，都说这基因是隔代相传，易子媛的一双眼眸也算承袭了祝絮洁的好处，纤长的微卷睫毛下是水盈盈的上斜眼，说笑间明眸善睐，顾盼神飞。

年过六十五的祝絮洁已近苍老，虽还是“万事纠结”，却不见生出多少白发，依旧是个漂亮的老太太。易子媛此时间正在准备高考，有时周末会去看她，她心想易子媛生得好，又到了青春期，免不了要遭人惦记，便不住地拉她过来说：“孙女啊，奶奶像你这个年纪，那可是校园里数一数二的人物，那中意我的人可多了！你现在啊，可正是要紧的时候，万事都要把学业放在第一位，可不敢早早跟着男人跑了，这万一遇人不淑，遇上个骗子，你可是要苦一辈子！奶奶是过来人，等你考上好大学，再去找好人家，可不敢着急！”豆腐一碗，一碗豆腐，陈年的老话说了一遍又一遍，易子媛对祖父的感情本就深，听见这话，有些不耐性子，便回说道：“奶奶，我也这么大了，小时候跟你们一起生活那么久，爷爷怎么对您，怎么端着您，我可是都看见了，您这说谁是骗子呢？都是去世的人了，别再这么说了，再说了，我记得，可一直是您在欺负爷爷的啊。”

祝絮洁一听这话直接跳了起来，随手甩了一边的毛掸子拍了她一下：“你这孩子，现在竟学会顶嘴了，你小时候奶奶怎么对你的？你白天黑夜的在我这，你妈都不怎么管你，你说你是不是个野孩子？我给你换尿裤成天接你送你的，你现在竟然说我欺负他，他欺负我还差不多，没有他，我也不至于当后妈，不至于守寡，说到底也都是我命苦，什么破事都让我摊上了！”“奶奶，其实爷爷很宠你的，这些我都看得见啊，你其实很幸福。再说我也不是什么野孩子，我妈年轻时也是忙，那时候他们都上班啊。”“嗬，我幸福？！我幸福我老头就死了！”说着又是忍不住地哭泣，哭泣渐渐变成了哭号，一浪高过一浪，眼泪哭干了，唯剩下空洞的一双眼。喘过口气，祝絮洁歇下来又问：“你最近在哪上班呢？你家大人是哪的？你是谁家孩子来着？”

敏感的易子媛明显察觉到祝絮洁的反常，一会思路清晰，一点陈年之事反复言说，一会又语无伦次，进而认不得身边人姓甚名谁。老易走了还不到两年，祝絮洁就患上了半身不遂外加阿尔茨海默症，缘由在于长期的精神刺激。如此看来，祝絮洁和老易的这一出错了位的缘分，终究还是逃不过一个——“相爱相杀”。

易秋砚休了探亲假回来看望母亲，这两年她事业顺遂，因具备“无知少女”的优越条件，顺利入选了新一届的余杭市人大代表，算是易家最出彩的一个知识分子，因常到香港出差，被摩登文化浸染，她的意识里早没了太多繁文缛节，反倒是多了点西化过后的“通情达理”。

因得知母亲患了老年痴呆，保姆问题又一直得不到解决，易秋砚便索性和哥嫂商量说：“我看这样，雇保姆不是长久之计，一来雇不上合适的，二来就算雇得上合适的，咱们谁也没工夫天天在边上守着，万一保姆欺负老人，妈又糊涂说不清楚话，到时候老太太受气，咱们都看不见。我看啊，不如把妈送到养老院，那里的护工都是轮流值班，有人管理，拿工资有人看着！”

易建彪一听这话直接急了，睁圆了眼盯着易秋砚说：“去养老院？也亏你想得出来！真不知道你这天天在外面是受了什么影响，竟然把妈送到养老院，只有没人管的老人，才去养老院，我不同意！”“是啊，秋砚，你哥可是公认的大孝子，这把妈送到养老院，确实不合适吧，保姆的问题，我这边再努努力，多看看，这不也开春了，找到合适的，应该不难。”季婕跟着说，易秋砚又说：“嘿，真不是你们想得那样，现在的养老院不是收容所，是真正养老的地方，好点的养老院各方面设施都很先进，护工也都是经过专业医护培训的，24小时陪护，伙食也是定时配送，营养搭配得也好，还经常有老年文娱活动呢，比让妈自己在家要强得多呢！”几番规劝下来，易建彪听了易秋砚的建议，小姑子哥嫂三人经过一周的勘察，找到了市区里评价最好，规格最高的一家名为“裕泽养老”的地方。

这天一早，易秋砚去了养老院选床位，易建彪和季婕来给祝絮洁做工作。易建彪先是陈述了易秋砚的一番言辞，祝絮洁像是半听懂半听不懂的样子，随下在半清醒半糊涂中不情不愿地上了车。街上的情景祝絮洁已经很久没见了，刺眼的阳光透过早春树杈子的缝隙，从窗外一波波打进她眼里。光影树影常相似，人面年年难相同。不知是想起了老易，还是无奈要离家，抑或只是阳光太刺眼，祝絮洁又一次，泪眼婆娑。

季婕买了些日用品递过来说：“妈，这些个平时用的我放在床头柜里了，您可记住了啊！”祝絮洁听了没答话，只倏地把头扭了过去，一脸怨责。祝絮洁的专属护工名叫刘艾莉，大家都叫她小刘，她的那一脸朴实和柔逊里，还藏着点护工特有的勤奋。

易新茴因先年里父亲二婚的事心怀怅恨，很少与易建彪、易秋砜他们来往，听说是常住乡下，同徐惠利生活在一起。徐惠利自打离婚后一直是孤身一人，到死都不曾再嫁。不过比起易新茴的远避，易凡新倒显得颇具大姐之风，即便是父亲去世了，过年过节也常会带着丈夫朱旭东来看祝絮洁，她曾和易建彪说过：“小彪啊，很多事情我做姐姐的，也不好说。咱爸在你和秋砜眼里，那是慈父，在我们眼里，他就是恶魔，小时候我想吃鸡蛋，他眼看着我嚼他剩下来的鸡蛋皮子，都顾不上匀给我一颗！不过啊，哎，他们上一辈的恩怨说到底，还是上一辈的事，咱们这一辈，身边还能剩下谁呢！”

这天是端午，也是周末，照例是探望老人的日子。每逢佳节倍思亲，即便祝絮洁已是记不准年月，却从未被冷落过。她的神志一向时好时坏，好时对人善说善笑，坏时便多是大哭大喊，认不清来人名姓，全没了年轻时的娴雅之气。

初夏是一年里最好的光景，不冷不热，满眼浅绿色，微浮出温润的生机。空气里藏着清醇的甜郁，是炊事房里飘来的粽子香。粽叶片是微沉的青褐色，被狠狠勒紧，冰封掉想不开的心事。祝絮洁被剪了板寸头，出奇地短，变成了不折不扣的祝老太太。

护工小刘见易建彪他们来了，便上前哄祝絮洁开心：“漂亮的祝老师，您看看这是谁来了，您这儿子儿媳妇可真是孝顺，周末过节一个都不落下！”祝絮洁只痴痴地笑，笑里也带着哭腔，过了几秒冷不丁地跟了一句：“儿子是好儿子，就是媳妇一般！”边上的季婕一下愣了，一张脸涨得通红，易建彪不知回什么好，只得大笑掩过尴尬：“妈，您看您这话说的。”那小刘一看这架势，便挪了身子过来说：“现在祝老师每天上午晒太阳，下午看电视，我每天会过来陪她说说话，但她也还是糊涂的时候多，清醒的时候少，有时候也骂骂我们，别的老人也都有这种情况，所以啊人老了就是老小孩了，说什么啊，我们也都不在意。”听了这话，季婕也只得跟着又来回了几句，不在话下。

过了不到半时，易凡新和朱旭东也来了，说是端午了过来看看。易凡新一向爽利，进门便吆喝了大家吃粽子：“来来来，小彪、季婕你们都过来吃啊，给老太太也包上。”祝絮洁的专属小包间瞬时热闹起来，笑语连连，引了窗外晒太阳的老人们也探过头来瞧看。恰好到了中午，小刘推了午餐车过来，给祝絮洁准备餐食，因恰巧撞见了易凡新，客气道：“呀，这是祝老师常说的，在南方工作的闺女吧？这是回来了，听说您学历高，可能干了！”易凡新听了有点尴尬，便浅浅自嘲说：“嗨，没有啦，不是闺女，算是干闺女吧！”朱旭东因瞧见媳妇面有难色，便抢白道：“哦，这样的，祝老师算是她后妈，我们不是亲生的。”朱旭东虽说是编辑出身，也算得上是半个文人，却是个直肠子，说话办事总有点不在乎。哪想这平白的一句话，再一次刺激到了祝絮洁，她愣了几秒后便开始放声大哭，那哭不像是哭，更像是在哀号，一股股气流从腹腔里轰泻而出，歇斯底里又毫无克制，哭得小刘只剩下了不明所以。

健忘是阿尔茨海默症的主要特性，可这病放在祝絜洁身上，却是年轻时的事越记越清楚，年老的事越来越糊涂。她被岁月绑缚的心病像是随时要炸的闷雷，看似不经意，却又是无限期的纠结。一辈子的痛点这一次被无意间撕开，无疑又加剧了病情，不上三月，祝絜洁便彻底痴了，随之而来的便是瘫痪在床。又因多器官衰竭，不过再三月，先前丰盈了几十年的身体，瘦得只剩下了一条躯干。祝絜洁日日在床上勉强呼吸，白花花的塑料管子上下联动，罩得她像是一具贫薄的牵线木偶，她被她一辈子的苦闷，连根拔起了。

半年过去，又到了年关。除夕的爆竹声声碎过人的耳朵，电视里是常年的老剧，重复过一样的言辞，了无新意。好似也只有孩子和老人的变化，方能见证时间的残酷性。易子媛要去南方一家电视台实习，一头乌发像极了祝絜洁年轻时，她与父母一同陪在祝絜洁身边，等待易秋砚一家明日的早班机落地。

礼花的声浪太过密集了，汩汩跳出来，一波散开在黢黑的天色里，打亮了不远处单弱的塔楼，很快又殁了；又一波升起在钻进夜里的群山中间，赤红艳绿的花瓣状，绽放了只三五秒，又呼啦啦碎下去，不过是抓不住的影儿，一茬茬分逝而去。

祝絜洁已记不得如今几日几年，她只觉得吵，恍惚中她看见师专的同学同事们在闲聊嬉笑，独剩下她一人在远处遥望，热闹是他们的，她怎么都插不进去。突然又看见易知豪站在不远处，也只一人，她想去叫他，他却始终和她保持几米的距离，说近不近说远不远，只是个影儿。她对他一腔的怨怼好像全都不在了，她只想跟着他，却终是走不近了。

祝絮洁的眼神一直涣散无聚，也不知在想些什么。有时，易子媛会上前和她说上几句话，也不过得到一声不知是什么意思的回应，她和她一生的执念都渐渐模糊掉，唯剩下，一个走不近的人影儿——她，死在正月十五晚。三日过后，与易知豪合葬在市区西北角的“灵山公墓”。

大半年过去，又是七夕，虽还没到立秋，却已现出些萧索气。今天是老易忌日，徐惠利一早拖了沉沉的身子，拄了竹拐缓步来到灵山。太阳还没全升上来，一点橘冷的光洋洋罩在半山腰上，冉冉浸过来，晕了半面粉金色。不远处的兴安落叶松、樟子松、黑松依旧保留了盛夏的颜色，一片青山寂寂。只是近一些的五角枫和山丹有了零星的掉落，微微现出点明黄。红城的夏天总还是那么短，不过是恍惚而逝的一线生气。

徐惠利找到五排七座的墓位，顺手摆了些瓜果点心，为老易足足燃上了一排云龙细支，十几炷云雾腾腾飞上来，熏黄了碑牌上两张标致的脸。她掸了掸碑前掉落的几支灰褐色的松叶针，扶正了挂在碑上的一圈子塑纸花，那花色未免太鲜艳了，让浮在上面的灰尘更加刺眼。徐惠利觑了一双眼看向他们，她那布满核桃纹的脸依旧是暗赭色，头发已白得彻底，在晨光下反衬出淡淡的银光。

她呆了半晌，轻声说："老易呀，前些年我也不敢来看你，怕人笑话。我也不知道还能再活个几年，今天过来看看你，也算是做一次告别。孩子们现在都还过得不错，凡新生了个闺女，新茴也结婚了，生的是儿子。我呢，也没什么好惦记的了，想起来啊，年轻时我总是擅自掐你的烟，常惹得你讨厌，现在啊，不用了……"

后　记

依从创作规则，笔者在拙作《环生记》中，从近十年的采访经验入手，靶向聚焦事件中具体的个人，以事实为基底，深入窥察故事中“人”的立场、态度、动念和初因，用角色开示人性，探究人性底色的多面多元。

斯宾诺莎曾说：“艺术不是技巧，是人情的往来。”即便当下科技更迭迅疾，世事变幻无常，先哲的圣言也依旧真挚鲜活，写作者对于探究人情人性的初衷始终都不应改变。

《环生记》里，不同的角色均在其各自的命格里幻灭挣扎。不论是爱慕虚荣却惨死在情人斧下的吴依琳、步步为营又贪恋财色的齐仲恺，还是原本纯良却被生活和欲望挤压变形的商昭寒、渴望高嫁却被骗婚以至半生纠结的祝絮洁、追求自由恋爱却被婚姻反噬的易知豪，以及不断苛求自我优越、造作虚饰，争夺同性生殖权的胡婷。一切的矛盾和冲突，不甘和欲念，无一不是为角色的“个人性”做诠释和拆解。

“环生记”，主意在“环生”二字，“生”即谓人生、生存和生活。在命途的吊诡和多变里，你我不过都是微尘，一切忧苦、意欲和愤激，也不过为“环生”二字作戏。

四个中篇在大疫中开篇，在大疫中收尾，算是为数年来影像纪录的经历做一个系统性总结，同时反观自省，与内在的自我认知、自我记忆做梳理和重建。笔者力求用“电影感”的小说笔法，将氛围意象与空间美学做交叠渲染，同时深击角色意识的动荡和撕裂，人物关系的相克相生，情感构成的复杂生变……以期带给读者厚重的唯美空间。

最后，感恩谢元老师对出版的大力支持，诚意感谢焦雄屏、张鸣、王斌、余世存先生倾情推荐，让笔者的浅陋之作有了一丝纯文学的气息。

现世喧杂，愿文学之火不灭。

董子溪

2023年2月26日于北京